COMPLOT À FLORENCE

W0299628

© 2014 Éditions NATHAN, SEJER, 25 avenue Pierre de Coubertin, 75013 Paris
Loi n° 49-956 du 16 juillet 1949 sur les publications destinées à la jeunesse,
modifiée par la loi n° 2011-525 du 17 mai 2011.
ISBN 978-2-09-254949-0

COMPLOT À FLORENCE

Dans l'observatoire de Galilée

Guy Jimenes

Nathan

En premier lieu, je vis la lune [...].
Après elle, j'ai observé plus souvent les Étoiles [...]
avec une incroyable joie dans l'âme.
Galilée, ***Le Messager des Étoiles***

Le premier jour

PIASCERO ET FIORINA

CHAPITRE 1
La lunette

Le Vénitien avait entrouvert une fenêtre et glissé le canon de la lunette entre les deux battants. « Instrument du diable… » marmonna derrière lui Piascero, se demandant s'il avait bien fait de s'associer à cet homme dont il ignorait le nom. « S'associer » était une façon positive de considérer leur accord. En réalité, le Vénitien le traitait comme un serviteur.

Piascero le regarda ajuster l'angle de la lunette en direction du centre de la place et marmonna de nouveau.

– Que grommelles-tu encore dans ta vieille barbe ? lui demanda le Vénitien.

– Je disais simplement que cet instrument que vous manipulez avec tant de désinvolture est diabolique.

L'autre se redressa en riant. Âgé d'environ trente ans, soit quinze de moins que Piascero, il en était l'exact opposé : glabre, le cheveu abondant, confiant en lui-même, il se tenait le plus souvent droit comme un I, dans une posture exprimant une satisfaction absolue. Face à lui, Piascero souffrait de la comparaison : bien que de taille égale, il paraissait plus petit et comme accablé d'un poids sur les épaules.

– Venons-en au fait, Piascero, dit le Vénitien. Tu as tardé à arriver ce matin. As-tu déniché l'« oiseau rare » ? Il serait temps de passer à l'action…

Piascero revenait une fois de plus bredouille de son exploration de Florence. Il en était dépité, d'autant que l'idée de recruter un enfant des rues venait de lui. Le premier, il avait employé cette expression d'« oiseau rare » que lui resservait perfidement son « associé ».

– Il n'est pas si facile de trouver un gamin qui ait à la fois le caractère trempé et assez de jugeote, se justifia-t-il. Peut-être devrions-nous changer nos plans.

– Nous en avons déjà parlé, rétorqua le Vénitien. Le temps nous manque pour concevoir un autre projet et je ne peux pas m'éterniser dans cette auberge. Les circonstances commandent. Mais quelque chose me dit que nous allons réussir grâce à cet instrument…

Piascero leva les yeux au ciel.

– Si vous pensez que c'est avec ce… cette chose…

– « Diabolique », je sais, tu l'as déjà dit. Pourtant,

l'usage que j'en fais n'est en rien celui de Galilée. Ce n'est pas vers les astres que je l'oriente. Allons, viens donc regarder, ne te montre pas si timoré !

Piascero surmonta sa répugnance et s'approcha de la lunette posée sur son pied. Il ferma l'œil gauche, retint une grimace de dégoût, et, pour la première fois de sa vie, apposa l'œil droit à un oculaire. Le Vénitien soupira d'aise.

– À la bonne heure !

Piascero ne vit rien d'abord. Il se redressa avec une irritation mal contenue.

– Un peu de patience, Piascero ! lui dit l'autre. Aucun résultat ne s'obtient sans un minimum de persévérance…

Agacé par cette sentence moralisatrice de la part d'un homme plus jeune, Piascero se pencha de nouveau et heurta de son front l'extrémité de l'instrument, déstabilisant l'édifice.

– Hé ! s'indigna le Vénitien. Ne va pas me la casser ! Une lunette que j'ai acquise au prix fort… Tu t'y prends mal, Piascero. Maintiens le support de ta main gauche, et de la droite saisis délicatement le canon. À présent, approche ton œil. Que vois-tu ?

« Rien ni personne », faillit répondre Piascero, persuadé d'avance qu'il échouerait à voir quoi que ce soit dans cet engin du diable. Soudain, un tableau lui apparut ! Oui, un tableau pareil à un *tondo*, une de ces peintures rondes qu'on trouvait parfois dans les églises, ou comme cette reproduction de *La Sainte Famille* de Michel-Ange qu'il avait eu la chance de contempler un jour.

Pour autant, la comparaison s'arrêtait là. Le motif surgi dans le cercle de verre n'avait rien de religieux : un étal débordant de bottes de poireaux et de carottes aux ombelles généreuses ! Derrière l'étal, sous un auvent le protégeant du soleil de midi, se tenait prostré un marchand de forte corpulence, comme assommé par la chaleur.

Piascero maugréa une énième fois, mais, fasciné, demeura l'œil collé à l'objectif. Sa main gauche, par réflexe, avait lâché le support et caressait l'espace dans l'illusion de pouvoir saisir ces légumes qui semblaient à sa portée.

Le Vénitien se délectait de le voir agir ainsi, comprenant bien ce qui se passait. Lui-même avait éprouvé cette sensation inédite et déstabilisante la première fois qu'il avait regardé à travers une lunette.

– Comment est-ce possible ? l'interrogea Piascero en se relevant, ému par l'expérience qu'il venait de vivre. Direz-vous encore qu'il n'y a pas là…

Le Vénitien le coupa sèchement :

– Simple phénomène optique dû à l'assemblage de deux lentilles de verre aux deux bouts d'un cylindre de carton.

La lunette avait été inventée par un Hollandais, mais Galilée le premier l'avait perfectionnée et avait eu l'idée de la tourner vers le ciel. Il avait alors observé que la Lune était couverte de montagnes et que les étoiles étaient plus nombreuses qu'on ne le pensait. Ses découvertes menaçaient une croyance héritée de l'Antiquité et propagée par l'Église, selon laquelle la Terre était le centre immobile du monde. Galilée en avait fait part dans *Le Messager des Étoiles*, un ouvrage au retentissement extraordinaire, qu'il avait dédié aux Médicis, les seigneurs de Toscane.

– « Simple phénomène optique »... qui nous conduit au chaos, oui ! dit en grimaçant Piascero. Le livre de Galilée est le délire d'un hérétique[1], mais il a été assez habile pour se ménager la faveur du pouvoir !...

Depuis que le savant avait été nommé « philosophe et mathématicien du grand-duc de Toscane », Piascero ne décolérait pas.

1. Personne dont les opinions ou le comportement sont jugés contraires à la religion catholique.

– Et même à Rome ! Les astronomes du Vatican se sont passionnés pour sa lunette et le pape l'a reçu en audience privée !

– Galilée cultive l'art de savoir jusqu'où aller trop loin, répondit froidement le Vénitien. Mais dans deux jours, grâce à nous, son hérésie deviendra évidente.

Il se pencha, colla son œil à la lunette et se releva aussitôt.

– Maintenant, Piascero, cesse tes jérémiades et approche. Regarde, sans modifier le réglage. Je ne t'en ai rien dit jusqu'ici, n'étant pas encore très sûr, mais cela fait trois matins que je l'observe ainsi... Regarde-la vite, avant qu'elle ne disparaisse !... La vois-tu enfin ?

Piascero se demanda de quoi, de qui le Vénitien parlait.

– Je ne vois rien, bougonna-t-il, qu'une gamine sale et mal fagotée.

Il chuchotait, comme si par l'effet rapprochant de la lunette ses propos pouvaient être entendus sur la place. Il se redressa soudain, les sourcils levés dans une interrogation muette.

– Ne me dites pas que c'est cette, cette... que vous avez choisie pour, pour... Un garçon, avions-nous dit ! C'est un garçon qu'il nous faut !

– Au contraire ! J'ai réfléchi. Nous aurions tort de nous obstiner dans cette idée. Comprends-moi, Piascero : plutôt que de demander à cette enfant de s'introduire en catimini dans la maison de Galilée, c'est de plein droit que nous la ferons entrer ! Ne m'as-tu pas dit hier que cette madame…

– Sarti.

– Que cette Mme Sarti recherche des servantes ?

Piascero s'était en effet approché de la demeure de Galilée. Tout le quartier bruissait de la rumeur de la fête à laquelle assisterait Cosme II, le grand-duc de Toscane. Galilée avait été son précepteur il y a quelques années, et le jeune seigneur souhaitait entendre son ancien professeur raconter son séjour à Rome.

Oui, songea Piascero, l'idée d'employer une fille en la faisant recruter comme servante était astucieuse… Il s'en voulut de ne pas y avoir pensé le premier.

– Certes, risqua-t-il, mais il faudra qu'elle…

– Qu'elle joue la comédie ? Tous les Florentins savent la jouer, et davantage encore les filles, non ? Et bonne comédienne, quelque chose me dit qu'elle l'est, Piascero ! Voici non pas l'oiseau, mon ami, mais *la perle* rare !

Flatté de s'entendre appeler « mon ami », Piascero se troubla :

– Euh… eh bien… une fille ?… eh bien, oui, pourquoi pas ? Si vous êtes tout à fait sûr de…

– Si je suis sûr, Piascero ? Tu vas aller la trouver à l'instant et l'engager, tu m'entends ? Ne la laisse pas filer, au nom du ciel ! Dis-toi bien ceci : si Galilée contemple les astres avec la lunette, nous, c'est son désastre que nous contemplons dans la figure de cette enfant des rues. C'est par elle que viendra sa perte, je te le garantis !

L'enthousiasme et la conviction du Vénitien agirent sur Piascero comme un puissant stimulant. Il prit ses repères sur la place.

– Ne craignez rien, assura-t-il, je saurai y faire.

– Ne lésine pas sur l'argent dans ta négociation ! Je suis certain qu'elle en apprécie le langage !

Piascero saisit au vol la bourse que lui lançait le Vénitien.

CHAPITRE 2
« Un florin pour Fiorina ! »

Piascero dévala les marches et courut vers l'endroit de la place où se tenait la fille, aussi rapidement que le lui permettait son embonpoint. Il la chercha du regard, mais ne la vit pas.

Il se tourna vers la façade de l'auberge et adressa un geste d'impuissance au Vénitien, qui ne devait pas manquer de le regarder. Il était tenté de lui demander de l'aide, mais cela supposait de revenir au pied du balcon et de crier pour couvrir le brouhaha du marché. C'était la meilleure façon – et la pire ! – d'attirer l'attention. Piascero tourna sur lui-même dans un sens, puis dans l'autre, comme une girouette désorientée par un vent fou. Il redoutait de fendre une foule trop compacte.

La chance lui vint en aide. Un attroupement se formait à une cinquantaine de pas. Des cris fusaient, des invectives, des rires. Piascero vit jaillir la fille aux boucles brunes. Il la trouva plus maigre et dégingandée encore que dans l'objectif ; souple et vive comme une anguille, mais toute en nerfs et tendons, comme un lièvre !

Elle fondait sur lui, poursuivie par le marchand corpulent que Piascero avait pu découvrir aussi du haut du balcon, somnolant derrière ses légumes. Elle serrait contre elle une pièce de tissu. Aux cris des uns et des autres, Piascero comprit qu'elle avait volé son bonnet au marchand.

Comme elle passait tout près et qu'il ne se mêlait pas de lui couper le chemin, elle considéra Piascero avec étonnement. Sans cesser de fuir, elle se retourna et croisa de nouveau son regard. Il ne faisait toujours pas mine de lui courir après. Tout au contraire, entendant dans son dos le pas lourd du marchand et calculant sa trajectoire, Piascero accomplit délibérément un écart de côté et ferma les yeux.

Le choc le projeta à terre, le souffle coupé. On les aida à se relever, lui et le marchand; celui-ci s'apprêtait à l'agonir d'injures et à crier au complot. Au lieu de cela, après avoir jaugé d'un coup d'œil le rang social de l'homme qu'il avait involontairement renversé, il se confondit en excuses. Quelqu'un d'aussi bien mis, un bourgeois, ne pouvait être le complice d'une voleuse des rues...

– Ça va, ça va bien ! s'impatienta Piascero, qui reprenait ses esprits et battait l'air de ses bras. Fiche-moi la paix ! Et regarde mieux où tu mets les pieds, la prochaine fois.

Il n'eut pas besoin de demander quelle direction avait prise la fille : la foule, par ses commentaires, se chargea de le renseigner et il se mit en chemin d'un pas vif, sans courir, pour ne pas attirer les soupçons. Il éprouvait une immense satisfaction d'avoir agi comme il l'avait fait, avec courage, risquant le tout pour le tout, et se réjouit d'avoir répondu à ce marchand avec une absolue mauvaise foi. Il adressa aussitôt à Dieu une prière muette pour qu'Il lui pardonne son écart – au sens propre et au sens figuré.

Quand il franchit le coin de la rue, il ne s'étonna pas de ne pas voir la fuyarde. Au moins ressentait-il le soulagement de ne plus être sous le regard du Vénitien. Il imaginait celui-ci rageant face à la tournure que prenaient les événements. Comprenait-il seulement sa manœuvre de diversion ? Piascero se chargerait de la lui justifier quand il aurait retrouvé la fille – s'il la retrouvait.

Il s'engagea dans la ruelle tortueuse. Tant de cachettes étaient possibles, tant de chemins empruntables ! Et bientôt :

– Monsieur !

Piascero se retourna. La fille, sur le qui-vive, se tenait dans l'ombre d'un renfoncement de façade. Il était passé devant elle sans la remarquer. Non seulement elle était agile et rapide, mais aussi experte à se fondre dans le paysage, et son regard pétillait d'intelligence.

Il fit un pas vers elle, elle recula d'autant. Elle serrait toujours contre elle le bonnet volé au marchand. Autour d'eux, les badauds se rendaient au marché ou en revenaient.

– Ne crains rien, lui dit-il.

– Je n'ai pas peur de vous ! rétorqua-t-elle, rejetant en arrière d'un mouvement de tête ses longues boucles brunes. Pourquoi vous avez fait ça ?

C'était pour lui poser cette question qu'elle l'avait attendu. Elle voulait comprendre pourquoi il avait facilité sa fuite. Que lui répondre ? Le lien qu'il venait d'établir était précieux et fragile comme un fil de soie.

– Pourquoi vous avez fait ça ? répéta-t-elle.

À l'intensité de son regard Piascero sentit qu'il fallait vite lui donner une explication, sous peine de la voir s'enfuir et disparaître à jamais. Il pensa à sa fille de onze ans, qui, elle, ne lui posait que des questions muettes, mais en plantant pareillement ses yeux droit dans les siens. Il choisit d'agir comme il l'aurait fait avec Gelinda et dit la vérité :

– Je suis chargé par un homme puissant de te recruter pour accomplir une mission.

Elle ne réagit pas immédiatement. Il se demanda si elle comprenait le sens du mot « mission ». Il trouva un équivalent :

– Pour un travail.

– Merci, j'avais compris, répliqua-t-elle.

Tandis qu'elle réfléchissait, il détailla ses traits. Elle avait un visage fin d'un bel ovale, quoique assez crasseux.

– Combien ? demanda-t-elle.

Il réfléchit. Le Vénitien lui avait conseillé de ne pas lésiner.

– Un florin, répondit-il.

– Faites voir !

Il commença à détacher la bourse à sa ceinture, mais se méfia.

– Recule.

Il sortit la pièce d'or et la fit scintiller dans un rayon de soleil. La fille éclata de rire, tout à coup. Piascero ne s'attendait absolument pas à un rire aussi cristallin.

– Je m'appelle justement Fiorina, expliqua-t-elle. C'est un signe ! Un florin pour Fiorina !

Sa bonne humeur fut communicative et Piascero rit avec elle, tout en doutant de la véracité de ce prénom. La coïncidence était trop belle. Peut-être cherchait-elle simplement à l'amadouer, attirée par l'appât du gain. Elle devait s'appeler Fiorenza ou Anna, comme tant d'autres. Mais qu'elle ait eu cette répartie indiquait un bel esprit d'à-propos.

– Tu as le même rire que ma fille Gelinda, lui dit-il pour la mettre en confiance, avant de l'interroger : Qui sont tes parents ?

– Si je le savais !

– Où vis-tu ?

– Où je veux !

– D'ordinaire, les enfants des rues vivent en bande. Où sont tes amis ?

– Où ils veulent.

Il comprit qu'il n'en tirerait rien et une ombre passa sur son visage. Elle se radoucit, et revint à l'essentiel :

– Pour un florin, je devrai faire quoi ?

« Te laver et t'habiller correctement » fut-il tenté de répondre. En réalité, la question de la toilette et des vêtements pouvait facilement se régler...

Il hésitait encore pourtant, bien qu'il soit grand temps de prendre une décision. « Plus que temps », avait dit le Vénitien.

– Tu viendras chez moi ce soir, trancha-t-il, et je te donnerai des vêtements de ma fille. Tu dormiras à la maison. Il faut que tu le saches : la cause que tu es appelée à servir est noble, mais moins tu en sauras et mieux cela vaudra.

Il lui indiqua où il habitait et comment s'y rendre.

– Remontrez-moi le florin, d'abord, exigea-t-elle.

Il se récria :

– Et puis quoi ? Pour que tu me l'arraches des doigts comme tu as arraché ce bonnet de la tête du marchand ?

– Je me fiche bien du bonnet, claironna-t-elle, mais pas de ce qu'il contient...

Elle fit tinter avec un air gourmand de la monnaie à l'intérieur du couvre-chef graisseux. Piascero saisit alors la bourse que lui avait donnée le Vénitien et en fit lui aussi sonner les pièces. Le regard de la fille s'éclaira du même éclat que précédemment, quand il avait mentionné le florin.

– Tu sais où me trouver, lui dit-il faisant disparaître la bourse. À toi de décider.

– Je viendrai, promit-elle.

CHAPITRE 3

Chez Piascero

Piascero retourna vite à l'auberge rendre compte de sa mission au Vénitien. Il tenta de présenter les événements sous leur meilleur jour, tout fier d'avoir habilement empêché le marchand de rattraper la fille et permis ainsi de lier contact avec elle.

– Elle aurait de toute façon échappé à ce gros plein de gnocchis qui a failli te pulvériser, ricana l'autre. Tu vis dangereusement !

– Peut-être, rétorqua Piascero, vexé, en se frottant machinalement l'épaule. Il n'empêche que la gamine a bien compris que je l'aidais, et voilà pourquoi elle ne s'est pas évanouie dans la nature. Mais cela, vous n'avez pas pu le voir, même avec la lunette.

– Alors, comment est-elle ? Comment s'appelle-t-elle ?

– Fiorina, à ce qu'elle prétend. Je crois qu'elle dissimule son vrai nom et qu'elle s'est inventé celui-là à cause du florin que je lui ai promis.

Le Vénitien éclata de rire. La gosse lui plaisait.

Ils peaufinèrent encore quelques détails de leur plan et Piascero quitta l'auberge. Il traversa allègrement la place pour rentrer chez lui. Une fois tourné le coin de la rue, une inquiétude assombrit ses traits. Cette Fiorina saurait-elle se comporter avec l'efficacité et la discrétion requises pour la mission ? Il comptait bien lui faire la leçon, ce soir, la mettre en garde. Toute la question était de savoir si la petite voleuse était digne de confiance. Au fond, pourquoi l'avait-il recrutée ? Il comprit tout à coup ce qui avait emporté sa décision : son rire ! Oui, c'était bien cela, il avait été sensible à la spontanéité et à la grâce de son rire !

Contrairement aux recommandations, pour ne pas dire aux ordres du Vénitien, Piascero avait mis son épouse dans la confidence de ce qu'ils tramaient contre Galilée. Leurs enfants, par contre, ne savaient rien du complot, pour d'évidentes raisons de sécurité.

– Qu'allons-nous leur dire pour expliquer la venue de cette fille ? demanda sa femme après qu'il l'eut tenue au courant.

Autant Piascero pouvait être hésitant et tortueux quand il s'adressait à lui-même, ou quand il se trouvait confronté à un personnage puissant, autant une autorité naturelle émanait de sa personne dans la gestion de son commerce et des affaires domestiques.

– Taisons Galilée, répondit-il sans hésitation, et prétendons que j'ai recueilli, par charité chrétienne, une malheureuse, une orpheline, et que j'ai trouvé à la faire employer comme servante. Son père la battrait si elle rentrait chez elle, il l'empêcherait de se rendre à son emploi, elle passera donc la nuit avec nous.

– Un père ne saurait battre son orpheline ! objecta Serafina.

– Un oncle, corrigea Piascero, accablé par sa propre bêtise. Nous parlerons d'un oncle et cela ira bien !

Il se réjouissait chaque jour d'avoir épousé, près de vingt ans plus tôt, cette fille de drapier. C'était à elle qu'il devait sa prospérité. Elle lui avait apporté en dot une belle partie du négoce de son père et lui avait donné deux fils et une fille qu'il chérissait. De plus, Serafina ne manquait pas de bon sens et le secondait toujours efficacement dans ses affaires.

Bien vite, Piascero s'inquiéta de ne pas voir venir Fiorina. Il était impatient de lui donner ses directives hors de la présence de ses trois enfants, qui travaillaient l'une à l'échoppe, les deux autres à l'atelier de confection des draps. Leur journée finie, ils n'allaient pas tarder à rejoindre leurs parents.

Fiorina arriva enfin, au grand soulagement de Piascero. Il nota qu'elle s'était lavé les mains et le visage et qu'elle avait mis de l'ordre dans ses cheveux. Il tourna vers sa femme un regard interrogatif. Serafina eut une moue dubitative, exprimant ainsi son point de vue sur le choix qu'il avait fait. Contrarié par le verdict de son épouse, Piascero retourna son dépit contre Fiorina :

– Tu en as mis, du temps ! Et n'as-tu que ces fripes pour vêtements ?

Sa barbiche vibrait de colère.

Fiorina ne se démonta pas et s'inclina cérémonieusement.

– Monseigneur, ne m'avez-vous pas promis les habits de votre Gelinda ?

Un bref éclat de rire : celui de Serafina, amusée par l'impertinence de la gamine, la correction de sa diction et surtout le fait qu'elle connaisse le prénom de sa fille.

– Je ne lui ai pourtant parlé de Gelinda qu'une fois, constata Piascero, tout content.

Encouragée par son succès, Fiorina se mit à débiter

des formules de politesse toutes faites, apprises par cœur, et chanta avec grâce un air à la mode. Cette fois, l'effet sur Serafina fut désastreux.

– Un perroquet, lâcha-t-elle, laconique. Tu as recruté un perroquet, mon bon Piascero. Une imitatrice certes douée, qui a observé les filles de la bourgeoisie sur les marchés où elle vole. Mais c'est de l'initiative que tu attends d'elle !

– Pas trop d'initiative ! tempéra Piascero. De l'obéissance, surtout, et de la discrétion !

Devant l'air déconfit de son époux, Serafina reconsidéra son point de vue.

– Il est vrai qu'elle a des qualités. De l'aplomb, par exemple.

Fiorina écarquilla les yeux d'une manière amusante à ce mot qu'elle semblait entendre pour la première fois sans en deviner le sens.

– Elle sait aussi mener son monde, ajouta Serafina. Vois comme elle cherche à m'amadouer avec ses œillades. Elle a bien compris, va, que mon avis pèsera sur ta décision.

Tandis que le couple poursuivait sa discussion, Fiorina regarda le crucifix suspendu au-dessus de la porte et le tableau qui ornait la pièce : une représentation de saint Jérôme.

– Ma décision est déjà prise, conclut Piascero d'une voix ferme, soucieux de montrer qu'il dominait la situation. Maintenant, laisse-nous, j'entends les enfants revenir.

Quand Serafina fut sortie, Piascero invita Fiorina à s'asseoir à table et s'installa près d'elle. Ni l'un ni l'autre n'échangèrent le moindre mot. Piascero détacha de sa ceinture la bourse que lui avait donnée le Vénitien et en extirpa trois ducats et un florin.

Les yeux de la gamine brillèrent de convoitise et elle glissa ostensiblement les mains entre ses genoux pour montrer qu'elle résistait à la tentation de s'emparer des pièces. L'or du florin, malgré la pénombre de la maison, semblait éclairer son regard.

– Il sera à toi après-demain, dit Piascero, lorsque tu auras accompli la mission pour laquelle je t'ai recrutée.

De son index droit, le drapier poussa vers Fiorina une des trois pièces d'argent.

– Voici déjà un ducat pour toi, en paiement de cette première journée. Reconnais que je suis généreux, puisque tu n'as encore rien fait.

– « Je » ou « il » ? demanda-t-elle, signifiant par là qu'elle n'avait pas oublié l'« homme puissant » qu'il avait évoqué dans la rue.

Elle avait bien enregistré que Piascero n'était

qu'un exécutant au service de ce personnage mystérieux.

– Contente-toi de faire ce qu'on attend de toi et garde-toi des questions, lui rétorqua-t-il, un peu vexé.

Elle voulut répliquer quelque chose, mais se borna à passer sa langue sur ses lèvres dans une expression involontaire de gourmandise et prit le ducat.

Piascero, de son côté, reprit les autres pièces pour les remettre dans la bourse.

– Demain, poursuivit-il, si ta première journée se déroule comme je… comme nous l'espérons, je te donnerai le deuxième ducat. Après-demain sera le jour décisif. Accomplis ta mission, et tu auras non seulement le troisième ducat, mais aussi le florin promis. Est-ce clair ?

Il avait gardé la pièce d'or dans la main et la fit une dernière fois miroiter sous les yeux fascinés de Fiorina. Celle-ci eut une réaction inattendue : elle se leva d'un air las, dans l'attitude d'une princesse offensée. Piascero se raidit, se reprochant de lui avoir donné trop tôt son premier ducat.

– Malgré votre crucifix et votre tableau de la Vierge et des saints, lui dit-elle, vous préparez un méchant coup avec votre chef, et c'est pour ça que vous m'avez enlevée.

– « Un méchant coup » ? s'étonna-t-il. « Enlevée » ? Écoute-moi bien, Fiorina ou le diable sait comment tu t'appelles vraiment… Tu es venue ici de ton plein gré, attirée par l'appât du florin, pour une mission que nous te proposons au service du bien et de Notre-Seigneur.

Il avait mis toute sa conviction dans ces propos et il sentit que cela portait.

– Mais pourquoi moi ? demanda-t-elle.

– Parce que tu es intelligente et vive, délurée mais pas trop, résuma-t-il. Ce sera l'occasion pour toi d'accomplir une bonne action et de te repentir de tes péchés.

– Je n'ai pas encore accepté, dit-elle après un silence. Mais que j'accepte ou non, je garde ce ducat pour le temps passé et pour le déplacement.

Piascero, qui bouillait intérieurement, afficha un calme olympien.

– À ta guise. La porte est ouverte. Heureux de t'avoir connue.

Il constata avec satisfaction que sa ruse fonctionnait.

– Je n'ai pas dit que je refusais la mission, répondit Fiorina, surprise par la tournure que prenait la conversation. J'ai juste dit que je ne l'avais pas encore acceptée.

– Et moi, je n'ai pas encore dit que tu faisais l'affaire. J'attends de voir comment tu vas te comporter, quelles seront tes manières ce soir à notre table, par exemple…

Elle hésita, ou plutôt fit semblant.

– J'accepte, lâcha-t-elle comme à contrecœur.

Il ne fut pas dupe et eut un rire sec.

– Allons, ne me prends pas pour un imbécile ! Tu meurs de faim et de l'envie de gagner ce florin. Si je t'engage, il faudra mieux jouer la comédie demain.

Elle affecta une totale indifférence avant de lui lancer :

– Vous ne devez pas rigoler souvent, vous. On a l'impression que ça vous arrache la gorge.

Piascero ne répliqua rien et, en son for intérieur, reconnut que la gamine n'avait pas tort.

CHAPITRE 4

Fin de soirée

Le souper commença par un bénédicité en latin que Fiorina ne récita pas avec les autres. Une fois les convives assis, tous les regards convergèrent sur elle : ceux de Piascero et de sa femme, ceux de leurs enfants, ceux des grands-mères qui vivaient avec eux. La mère de Serafina, en particulier, la fixait avec hostilité tout en mangeant ses macaronis. Elle avança la bouche comme pour siffler et aspira bruyamment cinq ou six pâtes à la fois avant de demander :

– D'où elle sort, celle-là ?

Serafina, qui avait par deux fois fourni une explication, ne se donna plus la peine de répondre à sa mère.

Les deux garçons se mirent à questionner Fiorina : de quel quartier venait-elle ? Avait-elle pour seule famille cet oncle qui la maltraitait ? Mangeait-elle tous les jours à sa faim ?

Elle se montra assez convaincante dans les réponses qu'elle fit avec bonne humeur, et Piascero admira son art consommé du mensonge (Dieu lui pardonnerait !) et sa façon de ne rien révéler d'important tout en donnant l'impression à ses interlocuteurs d'avoir répondu à leurs questions. De temps en temps, elle lui jetait un regard, sachant bien qu'il évaluait sa capacité de se tirer de situations embarrassantes. Le questionnement des garçons cessa aussi vite qu'il avait commencé. Fiorina se rendit compte, alors, que Gelinda la fixait intensément. Au bout d'un moment, comme le silence devenait gênant, Fiorina ne put se retenir :

– Qu'est-ce qu'elle a à me regarder comme ça ? J'ai un pois chiche sur le nez ou quoi ?

– Gelinda est muette, expliqua Piascero. Elle entend, mais ne parle pas. Elle n'a jamais parlé.

Fiorina demeura stupéfaite.

– Et pourquoi tu ne parles pas, toi ? demanda-t-elle à Gelinda avec une grande douceur.

– Parce que Dieu l'a voulu ainsi, dit le drapier, secrètement touché par la compassion dont Fiorina faisait preuve. Mais elle comprend très bien tout ce que nous disons et il m'arrive de penser qu'elle sait bien des choses que nous ne savons pas !

– Papa prétend qu'elle parle directement à Dieu, dit l'un des fils en riant.

Ce n'était pas un rire moqueur, plutôt une façon affectueuse de parler à la fois du père et de la fille. Toute la famille semblait aimer et respecter beaucoup Gelinda.

La demeure de Piascero, plutôt vaste, comportait un étage qu'il avait fait récemment élever. Il était fier de sa réussite, tout en n'oubliant pas qu'il la devait pour une grande partie à sa belle-famille.

– Je parie que tu n'es jamais entrée avant aujourd'hui dans une maison comme celle-ci, dit-il à Fiorina après qu'elle eut fini de débarrasser et de laver la vaisselle du souper en compagnie des femmes.

– Votre rue en est pleine et certaines possèdent un étage de plus, fit-elle remarquer en haussant les épaules.

– Mais tu n'y es jamais entrée, c'est seulement ce que je voulais dire, s'agaça-t-il. Pourquoi te crois-tu obligée de te montrer insolente ? On dirait que c'est plus fort que toi. Rappelle-toi que je ne t'ai pas encore définitivement recrutée. Pense au florin.

– Je n'ai pas été bien, à table ? J'ai dit des choses qu'il ne fallait pas ?

Elle se souvint tout à coup de la muette.

– Sauf pour Gelinda, reconnut-elle.

– Au contraire ! s'écria Piascero. Tu as été parfaite. Continue ainsi, mais pour l'amour du ciel réfléchis à deux fois quand une impertinence te vient à la bouche.

Il avait congédié tout le monde pour rester en tête à tête avec Fiorina, qu'il invita à s'asseoir à table comme il l'avait fait à son arrivée.

– Il est temps que je te révèle les grandes lignes de ta mission, commença-t-il. Demain, tu te rendras dans la maison d'un nommé Galilée, à l'adresse que je t'indiquerai.

– Galilée ?

Piascero se raidit.

– Tu connais cet homme ? demanda-t-il d'un ton détaché.

– N'est-ce pas celui dont tout le monde parle, qui regarde le ciel au fond d'un tube ?

Piascero soupira, soulagé. Fiorina ne connaissait Galilée que de réputation. La gloire de cet homme était considérable. Il décida de ne dire aucun mal du savant.

– En effet, c'est bien lui. Mme Sarti, au service de laquelle tu t'apprêtes à entrer, est sa logeuse. Elle a mis à sa disposition une grande maison et lui sert de gouvernante depuis son arrivée à Florence, il y a quelques mois. C'est un homme tout à fait… célèbre.

– Alors c'est à lui que je vais voler quelque chose ? Son tube, hein, c'est ça ?

Piascero constata une nouvelle fois combien Fiorina se montrait fine dans ses déductions.

– Absolument pas ! nia-t-il. T'ai-je dit que tu aurais à voler quoi que ce soit ? C'est toi qui te l'es imaginé. Et d'abord on ne dit pas « tube », mais « lunette », bien qu'elle ait, en effet, la forme d'un tube.

« C'est un comble ! songea-t-il. Me voici en train de faire l'article de cet instrument du diable ! »

– Est-ce vrai qu'on peut y voir la Lune avec des montagnes et des mers ?

La question irrita Piascero, qui choisit de l'éluder d'un geste vague.

– Je demanderai à Galilée quand je le verrai, dit Fiorina.

– Certainement pas ! s'étrangla de nouveau le drapier. Si j'apprenais que tu lui as adressé la parole, tu pourrais dire adieu au florin !

Il s'épongea le front de sa manche. Évoquer Galilée le mettait toujours dans un état fébrile.

– Revenons à notre affaire, reprit-il. Demain,

tu demanderas donc à parler à cette Mme Sarti. Il faudra t'y rendre de très bonne heure, j'y veillerai, pour lui proposer tes services.

Fiorina prit un air entendu.

– Compris ! répondit-elle. Cette femme est une complice, je veux dire la vôtre et celle du « riche seigneur » !

Piascero blêmit.

– Ôte-toi vite cette idée de la tête ! Tu ne devras rien révéler à Mme Sarti de nos intentions secrètes ! Pour elle, tu ne seras que la fille d'un employé du quartier. Fais bonne figure pour qu'elle t'emploie, et contente-toi d'accomplir ton travail. Demain sera une journée d'observation pour toi. Rien d'autre. Tu devras faire en sorte d'acquérir au plus vite la confiance de cette femme.

– Compris, répéta Fiorina, cette fois à bon escient. Mais si elle ne m'employait pas ?

– Elle t'emploiera, conclut Piascero avec force.

Il sentit que Fiorina voulait lui demander autre chose mais qu'elle craignait d'encore l'indisposer.

– N'hésite pas à me poser toutes les questions que tu veux, l'encouragea-t-il. Je t'ai fait venir ce soir précisément pour cela, pour aborder avec toi les aspects de ta mission.

– Justement, dit-elle. Vous voulez que je vole quelque chose dans la maison en question, c'est bien ça ?

– Ce n'est pas mal vu, répondit-il, mais je ne veux rien te dévoiler encore. Je t'en confierai davantage demain, à condition, bien sûr, que ta première journée là-bas soit un succès. Tu sauras alors ce que nous attendons de toi, en même temps que je te donnerai ton deuxième ducat. Maintenant, il est temps d'aller dormir.

Fiorina se retrouva à l'étage dans un endroit très encombré qui servait à la fois de débarras et de chambre. Des pièces de tissu, de grandes bobines de fils et divers outils de confection étaient entreposés là. Dans un espace aménagé, les deux grands-mères dormaient ensemble, dans un lit à côté duquel se tenait celui de Gelinda. Fiorina voulut disposer la paillasse que Serafina lui avait confiée à l'écart des deux vieilles et de la fille, mais la muette la tira par la manche pour l'obliger à s'installer à côté d'elle. Fiorina fit signe que non, oubliant que Gelinda entendait parfaitement. La fille de Piascero insista et chacune tira sur la paillasse, au risque de la déchirer.

– Arrêtez, toutes les deux ! ordonna l'une des vieilles d'une voix ensommeillée.

L'autre grand-mère ronflait déjà. Fiorina céda et déposa sa paillasse au pied du petit lit de Gelinda. Celle-ci parut satisfaite et commença à se déshabiller, dans l'intention d'enfiler une chemise de nuit. Fiorina se détourna et Gelinda vint lui tapoter l'épaule pour attirer son attention et lui faire signe : « Tu ne te déshabilles pas ? » Elle lui indiqua aussi le pot de chambre. Fiorina refusa et quitta précipitamment la pièce, après avoir chuchoté qu'elle revenait de suite.

Une rougeur lui avait envahi le visage et elle avait l'impression qu'on ne voyait qu'elle malgré la pénombre. Elle proféra dans sa tête un chapelet de jurons tout en descendant sans bruit l'escalier. Une pressante envie d'uriner la tenaillait depuis la fin du souper. Elle parvint, sans être vue, à sortir côté cour. Pour parvenir côté rue, il aurait fallu traverser la pièce où Piascero et Serafina se trouvaient encore tous les deux. On percevait des bribes de leur conversation – un certain Vénitien revenait souvent dans leurs propos. De toute façon, Fiorina n'avait pas l'intention de s'enfuir.

Elle marcha, courut presque jusqu'à un platane qui ornait le centre de la cour. Jetant un coup d'œil alentour, elle s'assura que personne ne pouvait la voir. Elle fouilla sous sa robe, qu'elle maintint relevée, et pissa enfin, debout, contre l'arbre. Le jet, puissant, s'éleva jusqu'à un bon mètre du sol !

Quelqu'un qui se serait tenu à côté d'elle aurait alors entendu cette drôle de fille se prodiguer à mi-voix des encouragements mêlés de reproches :

– Fiorino, dans quelle histoire t'es-tu fourré !… Si jamais ce Piascero ou son épouse, ou qui que ce soit d'autre, découvre que tu es un garçon, ton compte est bon !

Fiorino avait développé au fil du temps cette manière de s'adresser à lui-même, que ce soit pour se réconforter ou pour se blâmer.

– Tu n'as plus que deux solutions, maintenant, décréta-t-il, t'enfuir comme le ferait n'importe qui à ta place, ou continuer l'aventure qui t'amènera au florin !…

Il fit semblant de réfléchir intensément, avant de conclure dans un sourire :

– Naturellement, tu continues ! N'es-tu pas né sous une bonne étoile ?

Ayant soulagé sa vessie, Fiorino laissa retomber les pans de sa robe. Il se promit une chose : dans deux jours, quand il aurait accompli la fameuse mission dont Piascero ne lui avait pas encore soufflé le fin mot et qu'il aurait son florin, il cesserait de s'habiller en fille. Il partirait alors à la conquête de la belle Demoiselle qu'il avait entrevue une fois.

Maintenant que la fortune lui souriait, il ne voulait plus se travestir. Son corps allait changer, il deviendrait un homme. Fiorino se demanda avec inquiétude s'il était possible qu'en une nuit, une seule, on puisse cesser d'être un enfant. Il s'imagina au réveil avec une ombre de moustache et une pomme d'Adam proéminente, ou, pire encore, une *barbetta* à la Piascero ! Ils en tireraient, une bobine ! Et comme la maison du drapier était largement pourvue en bobines de fils de toutes sortes, Fiorino étouffa un rire, amusé par son jeu de mots involontaire.

Il rejeta la tête en arrière pour prendre une grande respiration. La nuit l'angoissait toujours un peu, il lui préférait le soleil, doré comme le florin qu'il convoitait… Le ciel nocturne de juin lui apparut alors, d'une magnifique clarté. Les édifices autour lui en cachaient l'immensité, dommage. Fiorino regardait plus souvent la Lune depuis que Florence s'enorgueillissait de la présence nouvelle de Galilée. Il se demanda comment le savant faisait pour enfermer celle-ci dans sa lunette. Le plus étonnant était ces montagnes dont la Lune était recouverte, selon lui. Peut-être était-elle habitée par des petits hommes ?

Un miaulement plaintif déchira le silence et le tira brusquement de sa rêverie. Il jura à voix basse contre le chat qui lui avait fait peur et décida de remonter. Il était temps de dormir.

Les deux belles-mères ronflaient à qui mieux mieux. Gelinda guettait son retour, un demi-sourire aux lèvres. Elle lui adressa un signe et l'amena à une fenêtre. Fiorino regarda à travers le carreau et sentit ses cheveux se dresser sur son crâne : la vue donnait directement sur le platane de la cour contre lequel il avait pissé.

Dans la pénombre, il vit s'épanouir le sourire de Gelinda.

– Ne dis rien à tes parents ! la conjura-t-il.

Une main devant la bouche, elle lui signifia qu'elle ne pouvait rien dire, étant muette. Elle semblait ne pas avoir l'intention de le trahir.

– Je ne veux pas de mal à ta famille, chuchota-t-il. Ton père m'a pris pour une fille, c'est normal, je m'habille comme ça pour voler. Je n'ai pas voulu le détromper. Il a besoin d'une fille pour une mission. Avoue que je m'en sors pas mal, non ?

Les dents de Gelinda étincelaient dans l'obscurité.

Entendre Fiorino se justifier ainsi semblait beaucoup l'amuser.

– Je ferai ce que Barbetta m'ordonnera, ajouta-t-il. Piascero, je veux dire…

Gelinda sourit davantage encore du surnom qu'il avait inventé pour son père et lissa à son menton une barbe imaginaire. Le garçon ressortit le ducat que lui avait donné le drapier.

– Tiens, il est pour toi, mais ne dis rien à Barbetta.

Gelinda refusa de prendre la pièce.

– Tant pis pour toi, lui dit-il, s'empressant de faire disparaître le ducat.

La fille de Piascero le désigna alors de son index gauche, puis se désigna elle-même du droit et rassembla ses deux doigts en crochets, tirant dessus pour bien montrer la solidité de ce lien.

Fiorino fut touché par ce témoignage d'amitié. En remerciement, il prit une pose avantageuse et esquissa des pas de danse. Ses allures de ballerine firent pétiller le regard de Gelinda. Leur conversation muette mais ponctuée de pas glissés, de soupirs et de rires étouffés finit par attirer l'attention.

– C'est pas bientôt fini, les filles ? lança l'une des grands-mères, tirée de son sommeil.

Gelinda pouffa et Fiorino ne put s'empêcher de

rouler des yeux en se composant une bouche en cœur, comme il l'avait vu faire lors d'une pantomime sur la place du Dôme. Gelinda laissa échapper un éclat de rire.

– Ne m'obligez pas à me lever, menaça la vieille.

Fiorino, prenant la menace très au sérieux, se calma sur-le-champ. Il vit Gelinda s'agenouiller pour une rapide prière. Lui-même fit vaguement semblant de prier, puis s'empressa de s'allonger sur sa paillasse, où il sombra aussitôt dans un profond sommeil.

Le deuxième jour

CHEZ GALILÉE

CHAPITRE 5
La bonne étoile

Fiorino était né sous une bonne étoile, c'était ce qu'affirmait Bartolomeo, son parrain. Pourtant, ses débuts dans la vie avaient été difficiles : sa mère était morte en le mettant au monde et son père avait vite abandonné ce nourrisson malingre, le rendant responsable de la mort de sa femme. Bartolomeo, frère de la défunte, avait alors décidé de le prendre avec lui et de l'élever comme son propre enfant.

Un astrologue consulté quand le bébé n'avait pas même un mois d'existence avait convaincu Bartolomeo que Fiorino connaîtrait un grand destin. Le mage se prétendait expert en conjonctions astrales. Il avait été formel : non seulement le fragile et souffreteux bambin allait survivre, mais en plus il connaîtrait gloire et fortune ! En attendant, Bartolomeo avait dû débourser une coquette somme en paiement de la prédiction.

Quelque temps après la consultation astrologique, un changement s'était manifesté dans l'état physique de Fiorino, à qui le lait de la nourrice employée par son oncle s'était mis à profiter. Chaque jour, l'enfant prenait du poids, gagnait en vivacité.

La formule « né sous une bonne étoile » venait de l'astrologue. Bartolomeo y souscrivit abondamment. Bien entendu, le parrain se gardait de mentionner trop ouvertement le recours à un astrologue, sachant combien les Pères de l'Église désavouaient cette pratique superstitieuse. Il se contentait de répéter à l'envi la formule, d'un air tellement convaincu que ses interlocuteurs ne pouvaient douter de l'heureuse destinée du gamin.

Ainsi le parrain avait-il élevé son filleul, lui garantissant vivre et couvert et une affection au-delà du raisonnable. N'ayant pas d'enfant, pas de femme non plus, Bartolomeo vouait sa vie, depuis bientôt douze ans, à ce garçon terriblement attachant… mais plus très attaché, ces derniers temps ! C'était le moins qu'on pouvait dire. Comme l'anguille vous glisse entre les doigts, Fiorino échappait à sa surveillance. En moins de dix jours, il avait même disparu par deux fois une journée entière. Il était revenu quand on ne l'attendait plus, et sans produire d'excuse ni exprimer le moindre regret.

Bartolomeo s'inquiétait de ces escapades, qu'il

subissait avec une absolue faiblesse de caractère, les pardonnant trop facilement. Ces velléités d'indépendance, voulait-il croire, mèneraient l'enfant à la gloire et à la fortune annoncées par l'astrologue. En réalité, le parrain se sentait dépassé par son filleul, à qui il n'était pas facile de tenir tête.

Il exerçait le métier de compositeur chez un maître imprimeur, où Fiorino avait aussi son emploi : celui d'apprenti, à qui incombait l'ensemble des tâches subalternes, comme balayer la cour, recueillir les caractères tombés, essuyer la poussière. Le manque d'assiduité de son filleul préoccupait Bartolomeo. Leur patron allait finir par perdre patience.

Fiorino se réveilla aux premières lueurs de l'aube. Après s'être assuré que Gelinda et ses deux grands-mères dormaient encore, il urina assis sur le pot de chambre, à la manière des filles. Puis il se déshabilla en hâte et enfila les vêtements propres que Piascero et Serafina lui avaient donnés. Il constata que sa robe possédait une poche cousue à l'intérieur. Il devina qu'elle lui servirait à dissimuler l'objet qu'il devrait voler chez Galilée. Il s'en amusa, ayant lui-même cousu un petit sac à l'intérieur de son habit de fille pour y dissimuler ses larcins.

La pensée de Bartolomeo s'imposa à lui. Quelque temps plus tôt, à force d'entendre son parrain évoquer sa bonne étoile, Fiorino avait eu une révélation : le labeur de l'imprimerie, six jours sur sept et de l'aube à la nuit, n'était pas favorable à la prédiction de l'astrologue. Aussi avait-il décidé de hâter les choses et de donner un coup de pouce à sa bonne fortune... Délester les bourgeois lui avait semblé une initiative appropriée. L'idée de se vêtir en fille lui était venue du fait qu'on se méfierait sans doute moins de lui, et aussi de la nécessité de ne pas être identifié s'il venait à croiser quelqu'un de connaissance.

Près de l'atelier d'imprimerie, Fiorino disposait d'une cache secrète : un bout de cave désaffectée. Il y entreposait ses habits pour s'y changer de garçon en fille et de fille en garçon. L'endroit était assez ventilé et peu fréquenté par les rats. En plus de ses vêtements de rechange, il conservait là son trésor, assez peu de choses à vrai dire : une vingtaine de pièces volées, une bague et un bracelet trouvés.

Ces dernières semaines, Fiorino avait donc mis à profit les dimanches et les jours de fête. Il ne restait jamais trop longtemps au milieu de la foule et ne se montrait pas trop gourmand, limitant ainsi le risque de se faire prendre. Il ne souhaitait pas non plus prolonger ses absences, par égard pour son parrain. La tentation était grande, pourtant, d'augmenter le rendement, surtout que sa technique gagnait en efficacité. Mais sur le chemin de la fortune et de la gloire, Fiorino savait se montrer prudent. La fougue de la jeunesse n'empêchait jamais chez lui l'intelligence des situations.

Deux événements, à trois jours d'intervalle, étaient venus perturber cet équilibre. Le premier avait retenti dans l'esprit et le cœur du garçon comme un coup de tonnerre.

Il était occupé, un matin à l'imprimerie, à nettoyer un châssis à l'eau et à la cendre, après avoir rangé les caractères de plomb dans les cassetins. Il avait relevé machinalement les yeux et découvert une demoiselle. L'atelier était exceptionnellement désert à ce moment précis et la fille qui venait d'entrer ne pouvait avoir d'autre interlocuteur que lui. Elle n'était pas exactement belle, son nez était même assez proéminent, mais il se dégageait de son expression une grande noblesse qui avait beaucoup troublé Fiorino. Sa robe à taillades, au col orné de dentelles, laissait entrevoir une fine chemise.

Il s'était trouvé gêné, conscient de sa saleté d'encre et de boue, se sentant indigne de parler à cette jeune fille. Pourtant, elle s'était présentée à lui, et lui avait demandé où elle pouvait déposer une liasse de papiers; le maître imprimeur était au courant. Fiorino avait indiqué un coin de table à peu près propre.

La Demoiselle – ainsi décida-t-il de la nommer en son for intérieur – s'en était vite allée. À Bartolomeo revenu peu après, Fiorino avait demandé qui elle était. Son parrain ne semblait pas connaître cette jeune cliente, qui jusqu'alors avait traité directement avec le patron. Un étrange sentiment s'était emparé du garçon, agréable et désagréable, qui à la fois l'exaltait et le repliait sur lui-même.

Le second événement remarquable était celui qui venait de le lier à Piascero. Il s'en était fallu d'un cheveu que Fiorino ne se fasse prendre sur le marché, et il devait son salut à cet homme étonnant qui avait garanti sa fuite afin de lui confier une mission.

Sous l'influence de son parrain, et depuis son plus jeune âge, Fiorino ne doutait pas de sa prédestination. Quoi qu'il lui arrive, il se disait que cela constituait une étape sur le chemin de la fortune. Il se montrait toujours confiant, se sentant protégé par sa fameuse étoile. La veille, réfugié dans la solitude de son antre secret, il avait eu tout le temps de réfléchir avant de se rendre chez le drapier et il avait abouti à cette conclusion : les deux événements, sans lien apparent – la rencontre de la Demoiselle puis celle de Piascero –, étaient en fait reliés entre eux ! La récompense promise par Barbetta allait augmenter son trésor de guerre et lui permettre d'entamer une vie passionnante où la mystérieuse jeune fille jouerait un rôle de première importance. En somme, la conquête de la Demoiselle passerait par la possession du florin. Une fois riche, il se mettrait en quête de la retrouver…

Aussi, quand il descendit l'escalier chez Piascero à l'aube de ce deuxième jour, Fiorino se sentait-il d'excellente humeur et plus heureux et déterminé que jamais.

Piascero était déjà levé.

– À la bonne heure, te voilà correctement vêtue. La robe de Gelinda te va bien.

Fiorino fit une révérence coquette.

– Il n'y a que toi et moi qui soyons debout, poursuivit le drapier. Je m'apprêtais à monter te réveiller. Mange quelque chose, si tu veux, mais ne nous attardons pas. Tu devras être la première à frapper à la porte de Mme Sarti.

Avant de sortir, Fiorino mordit à pleines dents

dans un morceau de pain qu'il emporta avec lui. Le jour se levait tout juste, peinant encore à entamer la fraîcheur de la nuit.

– Êtes-vous sûr que cette Mme Sarti voudra bien m'employer ? s'inquiéta-t-il.

Ils avaient déjà abordé cette question la veille. Piascero se réjouit secrètement que Fiorina se soucie du succès de l'entreprise et prenne son rôle autant à cœur.

– Aucun problème, répondit-il. Habillée comme tu l'es et à l'heure à laquelle tu vas arriver, ce serait étonnant qu'on te renvoie. À toi de faire bonne impression.

Au milieu de la nuit, cependant, une grande angoisse avait fondu sur Piascero, lui serrant le cœur comme dans un étau.

– Que t'arrive-t-il ? lui avait demandé Serafina en le voyant.

– Je pense à Fiorina… Et si elle nous trahissait ? Elle sait qui nous sommes et où nous habitons… Le Vénitien m'avait bien recommandé d'en dire le moins possible. Je n'aurais même jamais dû te parler de tout ça !

– Allons, le rassura Serafina, ne crains rien ! Que pourrait révéler la petite ? Elle ne sait pas grand-chose. Et puis ce serait ta parole contre la sienne.

Non, le seul risque avéré est qu'elle s'enfuie avant la fin en gardant les ducats !

– Moindre mal, avait soupiré le drapier, rasséréné, avant de se rendormir.

Aux abords de la maison de Mme Sarti, Piascero en indiqua à Fiorino l'emplacement exact et fit ses dernières recommandations à ce garçon qu'il pensait être une fille :

– Surtout, sois polie, discrète, efficace, obéissante ! Pas d'insolence ! Ne te fais remarquer qu'en bien par Mme Sarti ! Pour l'amour du ciel, ne vole rien, pas le moindre petit objet, la moindre pièce de monnaie, tu m'entends ?

– Même pas le tube ? demanda Fiorino.

– Surtout pas le tube ! s'exclama Piascero, avant de se rendre compte que sa protégée plaisantait. Aussi : ouvre grand tes yeux et tes oreilles. Tout ce que tu verras ou entendras pourra nous être utile.

Ces recommandations, il les avait déjà formulées et reformulées. Fiorino était las de les entendre et pressé, maintenant, de se rendre chez Galilée pour commencer cette mission au bout de laquelle il gagnerait le florin.

Piascero le retint encore un instant.

– Ce soir, arrange-toi pour t'échapper un moment. Nous ferons le point et je t'indiquerai alors comment tu devras agir demain. Tu passeras la nuit chez Galilée, te l'ai-je dit ?

– Je devrai vraiment y dormir ?

– Bien sûr que tu devras ! C'est l'usage quand on entre au service d'une maison.

Cela n'arrangeait pas Fiorino, qui risquait de se retrouver en difficulté à cause de son travestissement. Tout le monde ne réagirait sans doute pas comme Gelinda. Et puis Bartolomeo, son parrain, devait s'inquiéter de son absence. Fiorino venait de découcher pour la première fois, il n'allait tout de même pas recommencer la nuit suivante !

– Tu n'as pas l'air contente, remarqua Piascero.

– Non, tout va bien, mentit Fiorino.

Il concevait déjà le projet de ne pas dormir chez Galilée. Il trouverait quelque chose, inventerait un prétexte pour qu'on le laisse partir…

– Tu es sûre que tout va bien ? insista Piascero.

– Sûre et certaine !

Il était temps de se séparer. Piascero lui fixa le lieu et l'heure de leur rendez-vous.

– Une dernière chose, dit-il. Ne t'étonne pas de me voir. Je rendrai visite à Galilée en début d'après-midi.

Évidemment, tu ne m'adresseras pas la parole. Nous ne sommes pas censés nous connaître.

Fiorino assura qu'il se montrerait aussi muet que Gelinda. Ils se dirent au revoir. Piascero, voyant s'éloigner Fiorina, ressentit tout à coup une sensation de vertige, comme au bord du vide. « Cette fille est désormais seule capitaine de l'entreprise, constata-t-il, et me voilà à sa merci ! Pourquoi a-t-il fallu que le Vénitien jette son dévolu sur une enfant ? »

Comme toujours chez lui, espoir et crainte se mêlaient. Il en était conscient et luttait intérieurement contre sa propension à se démoraliser.

– Fiorina ! Reviens !

Fiorino revint sur ses pas.

– Je sais bien que tu n'es pas la fille des rues que tu prétends être, affirma Piascero.

Fiorino, sur le qui-vive, ne broncha pas. Le drapier avait-il reconnu le garçon en « Fiorina » ? Non, ce n'était pas cela.

– Tu ne t'es pas jetée sur la nourriture, hier soir, lui dit-il, et tu connais mieux que tu ne voulais le montrer ton bénédicité, tes lèvres articulaient les bonnes syllabes malgré toi... Tu as reçu un peu d'éducation, cela se voit. Libre à toi d'avoir des secrets, seulement écoute-moi bien : si tu me trahissais de quelque manière que ce soit, je saurais te retrouver, et alors malheur à toi !

Sa barbiche tremblait de fureur, comme si l'enfant l'avait déjà trahi. Il lui avait saisi le bras au niveau du biceps et le serrait à lui faire mal.

– Je ne vous trahirai pas, promit Fiorino.

– Jure-le !

– Sur la tête de Gelinda, répondit le garçon spontanément.

– Non ! Jure sur ce que tu as de plus cher !

Fiorino ne chercha pas longtemps.

– Je le jure sur la Demoiselle, dit-il avec une conviction qui frappa Piascero.

Aussitôt, le drapier lâcha son bras.

– Je ne sais pas qui est cette Demoiselle dont tu me parles, une parente sans doute, mais elle doit être une personne de grande qualité pour t'inspirer un tel engagement.

– En effet, répondit Fiorino avec ferveur.

– Quand ta mission sera terminée, dit encore Piascero, je serais heureux que tu m'accordes ta confiance. Tu pourrais nous rendre visite, devenir une sœur pour Gelinda… au moins une amie, se corrigea-t-il.

« Pourquoi lui dire tout cela ? » se reprocha-t-il, soudain surpris d'avoir exposé ainsi ses sentiments.

– Va ! grommela-t-il. Nous n'avons que trop perdu de temps.

CHAPITRE 6
Servante

Fiorino, encore ému par son échange avec Piascero, frappa à la porte de la maison de Galilée. Un cri de protestation retentit. La femme qui vint lui ouvrir était furieuse qu'on la dérange à nouveau et d'aussi bonne heure. Quand Fiorino, jouant son rôle à la perfection, lui eut dit qu'il était la fille d'un employé d'une filature du quartier, et qu'on lui avait assuré qu'on recrutait des servantes, Mme Sarti (c'était bien elle) le considéra de la tête aux pieds d'un regard aigu et se réjouit de sa venue.

– Tu es seule ? demanda-t-elle. N'as-tu pas des sœurs ? Tout est allé si vite. Le grand-duc, rends-toi compte ! Le grand-duc en personne ! Mais bon, tu es la troisième ce matin et je ne vais quand même pas employer toutes les filles de Florence. Le compte est bon ! Une chose est de vous recruter, une autre de vous surveiller ensuite.

Mme Sarti était de ces personnes bavardes qui

commentent faits et gestes et raisonnent à voix haute. Elle répéta «le grand-duc» plus pour elle-même que pour impressionner Fiorino, qu'elle entraîna vers la cuisine. Elle lui fourra dans les mains une excellente galette aux olives, qu'il engloutit avec gourmandise, accompagnée d'une bolée de soupe chaude. Pendant qu'il se sustentait, Mme Sarti lui présenta son personnel. Chacun, peu à peu, prenait ses fonctions. En plus d'un cuisinier et de deux employées de maison attitrées, Fiorino salua les deux servantes, plus âgées que lui et arrivées juste avant…

On sentait chez Mme Sarti toute la tension de cette fête dont elle avait la charge. Une journée, c'était peu pour terminer de la préparer. Le grand-duc n'avait indiqué que très récemment son intention de venir et il avait imposé son moment…

Après ce rapide déjeuner, la journée débuta véritablement. Les ordres de Mme Sarti étaient relayés par la servante en chef. Fiorino, un peu étourdi, se concentra pour accomplir avec efficacité ce qu'on lui demandait : seconder d'abord le cuisinier dans la préparation de diverses pâtes destinées à la confection de gâteaux, puis balayer et nettoyer les sols de la maison en attendant de passer à celui de la cour.

Occupé à ces tâches, il ne voyait pas le temps passer. Pour autant, ne perdant pas de vue ce pour quoi il se trouvait ici, il demeurait tendu dans la volonté d'accomplir au mieux sa mission. Les dernières paroles échangées avec Piascero avaient scellé comme un pacte entre eux. Fiorino commençait à s'attacher à cet homme ombrageux et impulsif, mais généreux et rempli d'affection pour sa fille.

Il songea au mystérieux Vénitien. Quelle sorte d'homme était-il, celui-là ? Piascero le craignait, c'était évident. Quel accord avaient-ils conclu, tous les deux ? Pourquoi s'en prendre à Galilée ? Et surtout de quelle façon ? Fiorino l'ignorait encore, alors qu'il était lui-même l'instrument choisi pour… pour quoi au fait ? se demanda-t-il. Pour un vol, sans doute. Par intérêt ? Par vengeance ? Le garçon avait hâte de revoir Barbetta, qui lui avait promis tous les éclaircissements.

Barbetta ! Le bon surnom qu'il lui avait trouvé là ! Même Gelinda avait ri, hier, quand il l'avait appelé ainsi. Fiorino pensait à la muette avec émotion et sans appréhension. Il était certain qu'elle ne le trahirait pas. Et quand bien même elle révélerait (par gestes faciles à interpréter…) que Fiorina était un garçon, il serait trop tard : la mission était lancée ! Quelle mission exactement ? Il revenait toujours buter sur cette question.

Tout en briquant bahuts et commodes, il se mit à observer les lieux avec la plus grande attention, enregistrant dans sa mémoire ce qu'il pouvait voir ou supposer du plan de la maison. Cela pourrait être utile à Barbetta. Il tenait à établir un compte-rendu détaillé de sa journée, ce soir, quand il reverrait Piascero, et à se montrer capable de répondre avec précision à ses questions.

Plus la matinée avançait, plus la maison gagnait en effervescence, à mesure des nombreux préparatifs. Elle bruissait du nom de Galilée, qu'un grand nombre de gens venaient visiter. Mme Sarti décidait de ceux qu'elle acceptait et elle éconduisait fermement les autres, jeunes ou vieux, aristocrates ou bourgeois, étudiants ou professeurs, religieux ou laïcs, sans même les laisser franchir le seuil. Fiorino comprit qu'elle n'accueillait que des visiteurs de marque. Le rituel était le suivant : Mme Sarti limitait d'abord leur temps de présence, les mettant en garde de ne pas trop fatiguer le maître.

– Il travaille beaucoup, précisait-elle, et surtout la nuit. De plus, il a été très éprouvé par son voyage à Rome et tarde à s'en remettre.

Elle indiquait alors l'escalier, engageant les visiteurs à se rendre au second étage et à frapper à la porte de la chambre.

Quand ils redescendaient, tous arboraient un visage rayonnant. Ils échangeaient encore quelques mots avec la logeuse et s'en allaient satisfaits.

Fiorino se détournait de ses tâches chaque fois qu'il le pouvait et ouvrait grand ses oreilles pour ne pas en perdre une miette.

En fin de matinée, le maître des lieux n'avait pas encore quitté sa chambre, où il recevait toujours. Fiorino entendit Mme Sarti ordonner à une servante d'apporter à Galilée et à son visiteur une carafe de vin frais et deux timbales sur un petit plateau. La servante n'était pas la plus dégourdie des deux qui avaient été recrutées juste avant lui.

– Il crèche où ? demanda-t-elle à Fiorino quand elle passa devant lui.

Lui adressant son plus féminin sourire, il lui prit le plateau des mains.

– Laisse, dit-il comme s'il lui rendait un immense service. Je connais la maison.

La fille jeta un regard vers l'office, inquiète de ce que pourrait dire Mme Sarti.

– Prends mon chiffon pendant ce temps-là, lui conseilla gentiment Fiorino avec le même sourire appuyé.

La servante demeura perplexe, pas très sûre de gagner au change.

Fiorino grimpa rapidement les marches jusqu'au deuxième étage, regardant à peine les tableaux aux motifs religieux qui ornaient les murs. Parvenu au bon palier, où donnaient trois portes, il s'arrêta. Les éclats d'une conversation le guidèrent. Une voix, surtout, portait loin. Ce n'était pas celle de Galilée, mais celle d'un homme d'environ trente ans que Mme Sarti avait introduit dans la maison quelques minutes plus tôt, un certain Filippo Salviati, vêtu comme un gentilhomme. Fiorino avait retenu ce nom et noté son timbre de voix particulier.

Portant habilement le plateau d'une main, il lissa ses cheveux et se composa un visage de circonstance : à la fois humble et qualifié pour la tâche qu'on lui avait confiée. Il allait frapper à la porte, quand il réalisa ce que Filippo Salviati était en train de dire :

– Vous êtes entouré d'ennemis, cher maître, et ne voulez pas vous en préoccuper ! Vous encouriez moins de dangers à Padoue !

– Et c'est toi qui me dis cela ! répliqua son interlocuteur. Toi, qui as facilité mon retour en Toscane ! De quels « dangers » me parles-tu ? Que peut-on me faire ? M'assassiner pour avoir observé que la Lune est ronde et montagneuse à l'image de la Terre, que quatre lunes tournent autour de Jupiter ?

– Il ne s'agit pas de vous assassiner, répondit Salviati avec une pointe d'agacement. Disons simplement que l'Inquisition[1] pourrait vous prendre dans ses filets et vous condamner comme hérétique.

– M'accuser d'hérésie ! s'exclama Galilée. Allons donc ! Je viens de passer à Rome un temps épuisant pour le corps mais exaltant pour l'esprit. Clavius, te rends-tu compte, le vieil astronome du Vatican, à qui j'avais fait envoyer une lunette, Clavius en personne a tourné l'instrument vers le ciel et validé mes observations !

– Je sais cela, admit Salviati. Et que Sa Sainteté le pape vous a reçu avec les plus grands honneurs.

– Oui. Il m'a dispensé de me tenir à genoux durant tout l'entretien. Plus par charité chrétienne que pour m'honorer, je suppose. On lui aura dit que j'ai passé

1. Tribunal de l'Église, chargé de juger les personnes suspectées d'hérésie.

un hiver terrible. Le climat de la Toscane ne me convient pas !

– C'est exactement ce que je tente de vous dire, insista Salviati. Le climat de Florence ne vous convient pas : nombreux sont vos ennemis, décidés à vous compromettre au moindre faux pas.

Dans les mains de Fiorino, le plateau commençait à peser, mais il ne se décidait pas à frapper. Cette conversation pétrie d'allusions le dépassait totalement. Il espérait, cependant, entendre quelque chose d'assez simple à retenir pour mieux le rapporter à Barbetta – mais cela n'en prenait pas le chemin.

– Vos découvertes vous rapprochent de Copernic, poursuivait Salviati, et font de vous un tenant du système héliocentrique, nul n'en est dupe. Si l'Église vous sourit à Rome, c'est avec le sourire du loup, pour mieux vous tenir en surveillance. Elle fondra sur vous à la moindre inattention de votre part.

– Ce que tu dis est juste, reconnut Galilée, mais crois-tu que je sois assez bête pour avancer sans masque ? Copernicien je suis, persuadé que la Terre tourne sur elle-même et autour du Soleil, mais je me garde bien de le proclamer. Et puis dis-moi, cher Filippo, en toute conscience : cela fait-il de moi un hérétique ?

Ce mot d'« hérétique » revenait pour la deuxième

fois dans leurs paroles, attirant spécialement l'attention de Fiorino.

– Je crois en Dieu, en l'Église et en les Saintes Écritures, affirma Galilée sans attendre la réponse de son ami. Mais je crois tout aussi fermement que Dieu m'a donné des yeux pour regarder, et je ne fais que montrer ce qu'Il a créé !

Le plateau pesait de plus en plus et le vin se réchauffait. Fiorino décida de retenir cette formule de Galilée, prononcée avec la conviction la plus forte : «Je crois en Dieu, en l'Église et en les Saintes Écritures.» Il la répéterait à Barbetta.

À l'intérieur de la chambre, Galilée continuait d'une belle voix de basse :

– Ce que Copernic et d'autres ont établi par leurs calculs, je le démontre par l'observation. Nul ne saurait nier l'avancée qu'apporte la lunette, sous peine de nier l'évidence !... Toi-même, que toute ta noble histoire familiale destinait à la banque et aux affaires, n'as-tu pas fait le choix des mathématiques et de l'astronomie, dans l'exaltation de ces temps passionnants que nous vivons ?

– Certes, admit Salviati. Mais soyez prudent.

– Prudent, je le suis. Et assoiffé davantage encore ! tonna tout à coup Galilée, au moment même où

Fiorino allait frapper. Mme Sarti m'avait annoncé un breuvage !

Fiorino, entendant marcher, comprit que Galilée s'apprêtait à ouvrir la porte pour réclamer sa boisson. Il se dépêcha de toquer.

– Entrez ! lança le savant tout en ouvrant lui-même la porte d'un geste vif.

Fiorino, son plateau d'une main et le poing encore levé, se retrouva face à un homme de taille moyenne d'une quarantaine d'années, à la barbe rousse et aux sourcils broussailleux surmontant un regard intense.

– Qui es-tu, toi ?

– Fiorina, répondit Fiorino. Recrutée ce matin pour vous servir. Voici votre vin.

Galilée le considéra d'un œil aigu qui le mit mal à l'aise. S'était-il rendu compte qu'il écoutait à la porte depuis un moment ? Le savant s'empara du plateau et détourna la tête.

– Les Médicis me protègent ! reprit-il à destination de Salviati.

Galilée n'avait pas abandonné sa conversation. Fiorino fut soulagé de constater qu'il n'avait cure d'une petite servante. Le savant continua à parler à Salviati, tout en déposant le plateau sur une table près du lit.

– Sers-toi… Le grand-duc a été mon élève.

– En effet, répondit Salviati en s'emparant d'une timbale. Mais le grand-duc dédaigne la politique et délègue à sa mère la gestion des affaires. Christine de Lorraine est très pieuse, vous le savez bien. Tout ce qui contreviendrait aux Écritures serait pour elle frappé d'hérésie.

Galilée vida d'un coup sa timbale, avant de répliquer :

– Par les Écritures, le Saint-Esprit nous indique comment on doit aller au ciel ; la science, elle, nous montre l'*état* du ciel. Ne confondons pas les deux, et ne les opposons pas, surtout !

Fiorino, encore à l'entrée de la chambre dont Galilée n'avait pas refermé la porte, était de plus en plus dépassé par cette conversation entre les deux hommes. Il avait renoncé à les écouter et contemplait, fasciné, leur tenue, leur allure, leur prestance…

– Cher Filippo, poursuivit le savant, je te remercie de tes mises en garde et te promets d'en tenir compte. Mais aujourd'hui, l'heure est à la fête ! Laisse-moi en profiter au moins jusqu'à demain. Tu me connais assez pour savoir que je ne me reposerai pas sur mon succès. Le travail, Filippo, voilà ce qui seul compte et me mène.

D'un coup, Galilée se tourna vers Fiorino.

– Le travail, Fiorina ! Remue-toi un peu, fille, avant que de prendre racine à ma porte et que je ne te fasse arracher par mon jardinier. Tu reviendras plus tard débarrasser le plateau.

– Bien, Monsieur, répondit Fiorino avec une grâce exagérée.

Les deux hommes, surpris comme Serafina l'avait été la veille, ne savaient trop démêler chez la servante la maladresse de l'impertinence. Ils échangèrent un regard perplexe et Fiorino, contrevenant à l'interdiction posée par Piascero, se risqua à demander à Galilée :

– Est-ce vrai que vous capturez la Lune dans votre lunette ? Mais comment la faites-vous ressortir alors ? Est-ce vrai qu'elle possède des montagnes et des vallées et que de petits êtres la peuplent ? Les entendez-vous parler quand vous les attrapez dans votre lunette ? Et pourquoi ne dégringolent-ils pas sur la Terre ?

Ahuri par ce déferlement de questions, Galilée ouvrit de grands yeux.

– Je te répondrai le jour où tu auras acquis le moindre début de commencement d'intelligence de ces choses dont tu parles sans aucun discernement.

Mais ce jour me semble plus éloigné de nous que la Lune !

– Pourtant, répliqua Fiorino vexé, sa lumière nous parvient. Je suis capable de comprendre les choses, vous savez. Il suffit qu'on me les explique.

Salviati marcha vers Fiorino comme pour le rosser.

– L'insolente !

– Laisse, dit Galilée amusé. Il semble que Mme Sarti ait recruté là une curieuse servante.

Il considéra Fiorino un moment.

– Décampe maintenant, avant que je ne braque sur toi ma lunette pour t'y enfermer !

Le garçon, un peu dépité, entendit résonner le rire des deux hommes tandis qu'il dévalait les escaliers, faisant voleter les plis de sa robe.

CHAPITRE 7
Le pigeonnier

Vers midi, Fiorino prit un repas rapide avec les employés de la maison. Mme Sarti semblait l'apprécier. Autant elle houspillait les autres servantes, et particulièrement celle à qui il avait arraché le plateau des mains, autant elle lui adressait des sourires avenants. Fiorino se gardait de trop lui parler, de manière à ne pas compromettre l'indépendance nécessaire à sa mission, et Mme Sarti en apprécia d'autant plus son travail. Il l'entendit dire au cuisinier :

– Fiorina est une bonne recrue. Efficace, et discrète avec ça. Je crois que je la garderai après la fête.

Galilée n'avait pas dû lui faire part de leur échange de la matinée !

Peu après midi, une douce torpeur s'empara de la maison. Mme Sarti accorda à tous un temps de pause, que la plupart, levés parfois depuis avant l'aube, mirent à profit pour faire la sieste à l'ombre des grands tilleuls de la cour. Fiorino, heureux de l'aubaine, se fit plus effacé que jamais et s'arrangea pour se lancer discrètement dans l'exploration des lieux.

Passé l'effervescence du matin, la maison paraissait désertée par ses habitants. Il n'en était rien et le garçon savait qu'à tout moment une porte pouvait s'ouvrir d'une chambre, d'où jaillirait Mme Sarti ou Galilée ou Virginia Gamba, la fille du savant. Il en avait entendu parler mais ne l'avait pas encore vue. Il prenait sans doute un risque disproportionné à s'exposer de la sorte. Pour mieux servir sa mission, se disait-il afin d'apaiser sa conscience. En réalité, il sentait bien qu'agir de cette manière pouvait à tout moment le compromettre, le faire renvoyer même… Mais c'était plus fort que lui. Le tube ! Il lui fallait à tout prix voir le tube avec lequel Galilée pratiquait ses observations ! Fiorino savait que le nom exact en était « lunette », mais cela l'amusait d'y penser ainsi.

L'observatoire de Galilée se tenait, aux dires de la servante en chef qu'il avait discrètement questionnée, dans ce qu'elle appelait le « pigeonnier ». Fiorino avait compris qu'il s'agissait de l'endroit le plus haut de la maison, favorable aux observations du ciel.

Il parvint sans encombre sur le palier du deuxième

étage où il était déjà venu le matin. Un nouvel escalier, plus raide et plus étroit, conduisait au dernier étage. Fiorino s'y engagea, le cœur battant. La volée de marches, vite gravie, le mena à une plate-forme étroite qui ne disposait pas de garde-fou et il dut faire attention de ne pas chuter dans la cage d'escalier. Un seul passage était possible : un encadrement de pierre brute occulté par une draperie de velours. Écoutant pour s'assurer qu'il n'y avait personne de l'autre côté, le garçon prit une profonde inspiration avant d'écarter le rideau.

La pièce était étouffante, directement sous la charpente. Elle était ronde, et quand Fiorino en acheva le tour du regard et se retourna vers l'ouverture par laquelle il était entré, il remarqua que la porte avait été sortie de ses gonds. Sans doute l'enlevait-on aux beaux jours, la jugeant inutile, pour la remettre en place l'hiver.

Face à lui, une porte-fenêtre donnait sur un balcon. C'était là que Galilée installait sa lunette, et le premier endroit que Fiorino aurait voulu découvrir. Cependant, il fut déçu : pas de « tube », seulement le pied rond et lourd auquel on l'assujettissait. Le garçon supposa que Galilée tenait l'instrument à l'abri.

Il examina plus attentivement l'intérieur de la pièce. Toutes sortes de paperasses étaient posées sur la table, ainsi que des livres, dont beaucoup étaient empilés, ouverts, les uns servant de marque-page aux autres. Fiorino n'était pas dupe de ce désordre apparent. C'était la même chose à l'imprimerie, où Bartolomeo étalait et entassait documents, brouillons, étapes de correction, épreuves multiples, sans jamais perdre la mémoire de leur emplacement. Son parrain nommait cela un « désordre organisé ». Fiorino devina l'emplacement favori de Galilée, là où se trouvait une chaise confortable face à une écritoire garnie de plumes et d'encriers. Ici devait-il rédiger, nuit après nuit, le compte-rendu de ses observations, dessiner ses schémas, ses graphiques, organiser ses calculs.

De tout cela, Fiorino ne pouvait avoir qu'une idée très approximative, sachant à peine lire, n'écrivant jamais, et calculant beaucoup mais seulement dans sa tête. Fasciné, il jetait un regard de grande curiosité à ces papiers épars, qu'il imaginait remplis de réponses à des questions savantes dont il n'avait même pas l'idée.

Devenir l'élève de Galilée, songea-t-il, voilà qui serait grisant ! Le jour était proche où il pourrait se payer ses premières leçons. À combien de ces leçons le florin de Piascero lui donnerait-il droit ? Mais dans le même temps où cette question lui vint, il réalisa avec stupeur que le florin lui serait remis en récompense d'une action destinée à nuire au savant !

Mal à l'aise, Fiorino détacha le regard de la table. Cette visite du « pigeonnier » commençait à le lasser. D'un coup, il fut pressé de redescendre. Il écarta le rideau de velours. Au même instant, une rumeur monta jusqu'à lui : on parlait plus bas, les éclats de voix se rapprochaient. On montait l'escalier !

Le garçon distingua trois voix masculines, toutes familières. Il adressa une prière muette pour que le petit groupe ne monte pas plus haut que le deuxième étage, mais il entendit distinctement Galilée déclarer :

– Permettez-moi de vous faire les honneurs de mon pigeonnier.

La première chose à quoi pensa Fiorino fut : « Tiens ! lui aussi appelle cet endroit comme ça. » Cette pensée n'était d'aucune utilité, et l'esprit du garçon était comme anéanti par l'intrusion des trois hommes, dont le pas attaquait les premières marches du dernier étage.

Si l'esprit de Fiorino accusait le coup, son corps en revanche agissait par réflexe. Son expérience de « voleuse des rues » conférait à l'enfant un fort instinct de survie. Sans même le décider, il avait déjà relâché le rideau tout en veillant à l'immobiliser, et s'était réfugié sur le balcon.

Outre Galilée, il y avait là Salviati. Quant au troisième homme, le plus discret, mais que les deux autres n'hésitaient pas à questionner, Fiorino crut un instant qu'il s'agissait de Bartolomeo, car cette voix lui était familière, sonnant aimablement à ses oreilles.

Barbetta ! réalisa-t-il brusquement. Le drapier lui avait bien annoncé qu'il rendrait visite à Galilée en début d'après-midi. Fiorino l'avait complètement oublié.

Sur ce balcon inondé de soleil, il jeta un coup d'œil alentour, soulagé de constater que personne ne pouvait le voir depuis l'extérieur. Il se concentra sur ce que se disaient les trois hommes. Galilée s'adressait à Piascero :

– Je ne vous cacherai pas que je suis fatigué de montrer la lunette à mes visiteurs. Je ne ferais que ça ! Vous, c'est différent…

– Est-ce la lunette que vous aviez apportée à Rome ? demanda Piascero d'une voix étrangement altérée.

Il y eut un bruit de meuble qu'on déplaçait, peut-être un des coffres rangés sous la table qu'avait entrevus Fiorino. Le balcon possédait une porte à claire-voie à demi repliée sur elle-même. Le garçon, dévoré de curiosité, s'aperçut qu'il pouvait observer la scène par les interstices entre deux pans de bois. Il ne s'en priva pas.

Galilée, penché au-dessus d'un coffre, en effet, en extirpait une boîte oblongue.

– Non, répondit-il à Piascero. Je possède plusieurs lunettes que je garde dans ma chambre, pour qu'elles ne souffrent pas trop de la chaleur. Celle que je vais offrir au grand-duc est particulière : c'est la toute première que j'ai fabriquée, celle avec laquelle j'ai fait mes découvertes.

Il souleva le couvercle de la boîte et en sortit l'instrument, qu'il tendit à Piascero avec une certaine solennité.

– Voici la chose !

Barbetta se tenait raide, comme paralysé.

– Prenez-la, insista Galilée, elle ne brûle pas. Depuis le balcon, vous admirerez le Dôme en vue rapprochée, mais je vous déconseille de la tourner vers le soleil, cela abîmerait votre œil.

Fiorino respira mieux quand Piascero déclina la proposition :

– Pardonnez-moi. Je… je ne peux pas. Et puis je ne suis pas venu pour cela.

Galilée eut un haussement d'épaules agacé.

– J'espère que le grand-duc aura une meilleure réaction que la vôtre.

– Pardonnez-moi, s'excusa de nouveau Piascero. La chaleur, vous comprenez.

Personne n'était dupe. Salviati semblait plutôt amusé par la situation.

– On raconte tellement de bêtises à propos de ces découvertes, dit-il. Il n'y a rien de diabolique là-dedans. Un simple...

– ... phénomène optique, je sais, compléta Piascero avec une pointe d'irritation. Mais vous comprenez, c'est si nouveau... ajouta-t-il d'un ton radouci qui sonna horriblement faux.

Intrigué, Fiorino se demandait pourquoi Barbetta avait pris le risque de venir chez Galilée et d'y faire aussi piètre figure. Il comprit vite la raison de cette visite quand le drapier déroula une pièce de tissu.

– Voici la chose ! reprit-il plus fermement, en écho à la formule qu'avait utilisée Galilée.

Le savant et Salviati, vivement intéressés, se penchèrent sur le petit tapis que Piascero venait d'étaler sur la table.

– Cela semble parfait, dit Salviati. Les armoiries, les dorures... Qu'en pensez-vous, Galilée ?

– C'est tout à fait bien, approuva le savant. Conforme à la commande.

– Si vous permettez… intervint Piascero en s'emparant non sans répugnance de la lunette, qu'il enroula méticuleusement dans le tissu.

Galilée le complimenta et lui assura qu'il ne toucherait plus à l'objet, pour ne pas risquer de défaire le bel agencement. Il rangea lui-même soigneusement dans la boîte l'instrument enveloppé et referma le couvercle.

– Et voilà, commenta-t-il, satisfait.

Galilée sourit tout à coup et prit à partie Piascero :

– Le commun des mortels se figure je ne sais quoi à propos de mes observations et de l'instrument avec lequel je les pratique !

– Ce matin même, intervint Salviati, cette petite servante…

Ils éclatèrent de rire tous les deux et un signal d'alerte sembla retentir dans la tête de Piascero, qui adopta un sourire interrogatif.

– Une nouvelle recrue de Mme Sarti, précisa Salviati, une certaine Francesca.

– Fiorina, le corrigea Galilée.

Le savant et son ami se présentaient à Fiorino de trois quarts dos. Piascero, lui, faisait face au garçon toujours dissimulé derrière son volet. Il était blême !

– Quelle gamine imaginative ! compléta Galilée. Elle pense que j'enferme la Lune dans la lunette et se demande pourquoi les petits hommes qui y vivent ne dégringolent pas sur la Terre… Ha ha ha !

Sur le balcon, Fiorino n'eut pas à recourir à son imagination pour savoir ce que ressentait Barbetta ! Gêné, il s'agita, ce qui provoqua un effet d'ombre et de lumière à travers les claires-voies. L'attention de Piascero en fut aussitôt attirée. Leurs regards se rencontrèrent et Fiorino adressa une grimace d'excuse au drapier, les dents serrées, la tête rentrée dans les épaules.

Des gouttes de mauvaise sueur se mirent à perler au front de Barbetta.

– Qu'avez-vous, Piascero ? s'inquiéta Salviati. Vous êtes d'une pâleur effrayante !

– Sortons d'ici, dit Galilée. On y suffoque, pas étonnant que vous vous sentiez mal. Vous comprenez maintenant pourquoi j'observe les étoiles la nuit, l'air est plus frais !

Heureux de sa plaisanterie, le savant éclata d'un rire communicatif que partagea Salviati. Depuis le balcon, Fiorino entendit Barbetta rire à contretemps, par politesse, de ce rire grinçant qu'il avait, et ce fut tout. Les trois hommes étaient partis et le rideau de velours étouffa le bruit de leur conversation.

Fiorino attendit un assez long moment avant de revenir dans la pièce. Après la chaleur extrême du balcon, le pigeonnier recelait une certaine fraîcheur ! Il s'y attarda un instant, calculant que même si le temps lui avait paru long depuis son arrivée, la pause octroyée par Mme Sarti n'était pas encore terminée.

La boîte restée sur la table était tentante et Fiorino la considérait avec émotion, quand le rideau de velours s'ouvrit soudain.

CHAPITRE 8
Confrontations

La Demoiselle se tenait devant lui ! Il la reconnut instantanément à ses grands yeux et à son nez fort. Ses habits étaient différents de ceux qu'elle portait le jour où elle était venue à l'atelier, mais restaient ceux d'une enfant de bonne famille de la bourgeoisie florentine. Fiorino enregistra rapidement une foule de détails et arriva à cette conclusion irréfutable : elle ne pouvait être que cette Virginia Gamba dont il avait entendu parler. La fille de Galilée ne faisait qu'une avec la Demoiselle de l'imprimerie.

Elle fut aussi surprise que lui, davantage encore ! À la façon dont elle était entrée, il devina qu'elle ne s'attendait pas à trouver quelqu'un. Elle avait probablement guetté le départ des trois hommes, curieuse de contempler le tissu livré par Piascero.

La réaction de Fiorino à cette apparition fut immédiate. Il baissa vite les yeux dans l'humble attitude de la servante prise en faute. Il ne fallait surtout pas que Virginia reconnaisse l'apprenti imprimeur ! Pas encore…

– Que fais-tu ici ? demanda-t-elle, courroucée. Je serais étonnée qu'on t'ait confié quelque tâche que ce soit dans cet endroit. Mon père interdit à quiconque d'y entrer sans son autorisation.

– Je ne suis pas une voleuse, pleurnicha Fiorino, reniflant et secouant les épaules. Je voulais juste regarder dans le tube.

– Retourne à ton travail, lui ordonna la jeune fille. Je vais réfléchir à la sanction que nous prendrons contre toi.

Fiorino connaissait assez la nature humaine pour comprendre que Virginia Gamba ne pourrait parler à personne de cet incident sans se compromettre elle-même. Avant de quitter le pigeonnier, il lui jeta un regard à la dérobée. Il nota combien la Demoiselle avait le teint clair. Sa peau semblait douce et il perçut son parfum léger, qui lui chatouilla agréablement les narines. Mais Dieu que son nez était proéminent !

Il descendit l'escalier et gagna l'office, où l'activité avait repris. Mme Sarti réclamait :

– Et Fiorina, où est-elle ?

– Je suis là, Madame.

– Où étais-tu passée ?

Sans attendre de réponse, elle confia à Fiorino ses nouvelles tâches, qu'il accomplit paradoxalement avec une sensation de repos mérité. Les deux moments intenses vécus dans le pigeonnier avaient accumulé en lui une grande tension, que le travail aidait à évacuer.

Il se remit donc ainsi de ses émotions, frottant les sols, lustrant les meubles, et sans pouvoir se départir d'un sentiment pénible à propos de Virginia et de leur relation à venir.

Peu à peu, le soleil déclinant installait dans la maison une luminosité particulière et Fiorino se rappela son rendez-vous avec Barbetta. Il redoutait cette entrevue. Piascero n'avait sûrement pas apprécié de le découvrir caché sur le balcon. Fiorino essayait de se rassurer : tout le monde semblait l'apprécier ici, Mme Sarti, Galilée, Salviati. Il n'y avait que Virginia qui avait fait la fine bouche. Et le gros nez, ne put-il s'empêcher de penser, non sans une certaine tristesse.

Il était impossible de quitter la maison en donnant l'impression d'y être encore. Aussi Fiorino décida-t-il de demander à Mme Sarti la permission de sortir un instant. Il la trouva en grande conversation avec Virginia. Il était trop tard pour faire demi-tour.

La fille de Galilée parlait-elle à la gouvernante de sa présence dans le pigeonnier ? Fiorino fut assez vite tranquillisé sur ce point, mais tout le temps qu'il s'adressa à Mme Sarti pour lui dérouler une histoire emberlificotée, il sentit le regard de Virginia peser sur lui. Ce regard n'avait rien d'amical.

Lassée de ses explications à n'en plus finir et soucieuse, surtout, de garder Fiorina à son service, Mme Sarti lui accorda sa permission de sortie. Fiorino courut enfin à son rendez-vous.

Piascero bouillait d'impatience et de colère. Cette affaire lui échappait, et plus elle lui échappait, plus elle se concentrait dans les mains de Fiorina, dont le pouvoir devenait exorbitant ! Pourquoi le faisait-elle lanterner ainsi ?

Il ne pouvait se défaire de la vision ahurissante qu'il avait eue, quelques heures auparavant, dans le pigeonnier de Galilée. Il en frémissait encore ! Que se serait-il passé s'il avait accepté de regarder dans la lunette comme l'y avait poussé le savant ? Il aurait fallu se rendre sur le balcon et Fiorina aurait été découverte !

« Dieu m'a protégé », songeait Piascero, sans que cela suffise à le rassurer, « et Lui seul sait où en sont les choses au moment présent.» Fiorina accusait un retard d'au moins une demi-heure ! Peut-être l'avait-elle déjà trahi en révélant à Galilée qu'il complotait contre lui ?

Son ressentiment n'était pas dirigé seulement contre l'enfant. Il en voulait surtout au Vénitien. C'était lui qui avait tant insisté pour recruter Fiorina. Quelque chose chez cet homme déplaisait souverainement à Piascero. Il revit l'instant de leur première rencontre, à un prêche de l'abbé Lorini. Tout le temps de l'office, le drapier s'était senti observé par un inconnu qui l'avait abordé à la fin de la messe :

– Je vous ai regardé pendant le sermon de l'abbé. Vous désapprouvez vous aussi, comme lui, les tenants de l'«astronomie nouvelle».

Point n'était besoin de pousser beaucoup Piascero pour qu'il se mette à dire tout le mal qu'il pensait de Galilée. L'inconnu avait abondé dans son sens.

– Mais à qui ai-je affaire ? avait fini par demander Piascero.

– Je ne tiens pas à divulguer mon identité, avait répondu l'autre, avant de révéler qu'il réfléchissait à une action secrète destinée à mettre fin aux agissements de Galilée.

Piascero avait été impressionné par le discours de

cet homme à l'accent vénitien et il s'était demandé s'il n'avait pas affaire à quelqu'un de haut placé, à la solde d'un cardinal.

Les deux hommes avaient convenu de se revoir assez vite. Entre-temps, le hasard avait voulu que Salviati passe à l'échoppe du drapier et lui commande du tissu pour un cadeau que Galilée ferait au grand-duc à l'occasion d'une fête prochaine.

Piascero avait béni le ciel d'une pareille aubaine. Quand le Vénitien était revenu le trouver, ils avaient décidé de profiter pleinement de cette chance, même s'ils ne disposaient que de très peu de temps...

Le drapier fut tiré de ses pensées par une vision qu'il n'espérait plus : Fiorina venait à sa rencontre. De la revoir enfin lui procura un soulagement proche de la reconnaissance. Elle s'excusa de son retard, affirmant que Mme Sarti lui avait commandé au dernier moment de nettoyer les innombrables pièces d'un vaisselier... Piascero interrompit son bavardage, souhaitant en avoir le cœur net :

– Je t'avais donné pour consigne de ne pas te faire remarquer et voilà que Galilée et Salviati t'ont déjà repérée ! Bravo pour ta discrétion !

– Je les ai fait rire ! rétorqua Fiorino.

Piascero avait oublié que cette fille avait réponse à tout.

Il voulait bien reconnaître que les deux hommes n'avaient pas de reproches avérés à l'encontre de Fiorina et qu'ils semblaient la tenir en assez bonne estime, même s'il ne fallait rien exagérer.

– Mais... que faisais-tu perchée sur ce balcon ? fulmina-t-il.

Piascero lui avait fixé ce rendez-vous dans un recoin d'une ruelle peu passante, aux abords d'un atelier de chaudronnerie dont le bruit constant permettait de couvrir leur conversation.

– Je nettoyais, répliqua Fiorino. Avec un chiffon, ajouta-t-il bien vite, voyant que l'autre manquait de s'étrangler.

– Ne me prends pas pour un imbécile ! Tu venais fouiner du côté de la lunette quand nous t'avons surprise, n'est-ce pas ? C'était plus fort que toi, il fallait que tu regardes dans le « tube » !

Fiorino ne nia pas.

– Il est trop tard pour reculer, reprit Barbetta, martelant chaque mot aussi durement que les chaudronniers de l'autre côté du mur malmenaient le métal. Le Vénitien ne me le pardonnerait jamais ! Nous allons poursuivre notre plan, mais je te le répète : si tu as trahi ma confiance ou si tu venais à la trahir, je saurais te retrouver, crois-moi. Tu me connais si peu, encore. Tu n'imagines même pas de quoi je serais capable !

La barbiche frémissante était toujours comique, mais les yeux démesurément agrandis par une colère froide impressionnèrent Fiorino. Il y avait cette main aussi, que Piascero tenait enfoncée sous ses vêtements, comme s'il allait tirer un couteau.

– C'est bon, dit l'enfant. Je ne vous trahirai pas. J'ai déjà juré, ce matin.

Piascero se calma un peu et interrogea Fiorino avec une autorité nouvelle.

– Galilée, Salviati ou qui que ce soit d'autre t'ont-ils surpris sur ce balcon ?

Fiorino chassa de son esprit l'image de Virginia Gamba. À la façon dont elle l'avait observé tandis qu'il parlait à Mme Sarti, il se demandait si elle ne l'avait pas reconnu.

– Non, répondit-il enfin, admettant implicitement qu'il s'était rendu au pigeonnier dans un autre but que « nettoyer ».

– Maintenant, continua le drapier en s'efforçant à la patience, tu vas bien m'écouter. Au fond, nous allons gagner du temps, puisque je n'ai plus à t'expliquer l'objet de ma visite à Galilée et que tu connais déjà le lieu et l'objet concernés par notre plan.

– Le pigeonnier et la lunette, dit Fiorino.

– Absolument.

– Vous voulez que je la vole ?

– Absolument pas.

– Que je la casse, alors ?

– Pas plus.

– Alors quoi ?

Piascero s'assura que personne ne pouvait les surprendre, avant de sortir de sous son vêtement non pas un couteau, mais quelques feuillets que le Vénitien lui avait confiés et qu'il tendit à Fiorino.

– Alors ceci, dit-il théâtralement.

Le garçon voulut regarder de quoi il s'agissait.

– Sais-tu lire ? demanda Piascero, tout à coup soupçonneux.

– Oui, un peu.

Le drapier hocha la tête, dubitatif.

– Que tu saches lire ou non, je te conseille de fourrer bien vite ces feuillets sous ta robe, dans le compartiment intérieur que Serafina a cousu spécialement à cet effet. À présent, sois attentive : ce que je viens de te donner est plus puissant qu'un coup de dague, une salve de mousquets ou un tir de canon… Si l'on te découvrait avec ces papiers, tu pourrais être pendue sur l'heure, ou brûlée vive, tu m'entends ? Je n'exagère pas. Aussi, prends tout à fait soin de ne pas perdre ces documents, et de ne les montrer à quiconque, sous aucun prétexte. Il en va de ta vie, crois-moi ! Il en va également de la réussite de notre plan.

Dans ses rapports avec Fiorino, Piascero avait jusqu'ici exprimé l'indécision et le doute, face à la force vitale et l'aplomb à toute épreuve de l'enfant. Cette fois, les rôles étaient inversés : l'adulte semait le trouble et la peur dans le cœur de Fiorino.

– Mais que voulez-vous que je fasse de ces feuillets ? demanda-t-il.

– Que tu les ranges d'abord sous ton vêtement ! s'impatienta Piascero. Ne te l'ai-je pas déjà dit ?

Fiorino obéit enfin et tressaillit, comme si le papier le brûlait.

– Je vais les salir, l'encre va s'effacer avec ma sueur.

– Aucune importance, ricana Piascero. Il restera toujours assez d'écrit, va, et cela n'en sera que plus crédible. Le grand-duc pensera que ces feuillets auront fait de l'usage.

– Le grand-duc ?

– Parbleu ! N'as-tu pas encore compris, toi si maligne ? Demain, lorsque Galilée (la peste soit de cet hérétique !) offrira sa lunette au grand-duc et que celui-ci en déploiera le tissu qui l'enveloppe, ces papiers tomberont d'eux-mêmes, signant sa condamnation !

CHAPITRE 9

Sombre soirée

« C'était donc ça ! » songea Fiorino. Non pas dérober un objet, ni le détériorer, mais lui en associer un autre, compromettant. Non pas voler Galilée, mais lui nuire autrement. En glissant ces feuillets entre le beau tissu et la lunette.

– Tu ne m'écoutes plus, disait Piascero, inquiet. Je viens de t'expliquer avec précision ce que tu devras faire de ces papiers une fois retournée là-bas, et tu ne m'as pas écouté !

– Pardon ! Je réfléchissais…

– Tu l'as entendu comme moi : Galilée a enfermé la lunette dans sa boîte et le prochain qui l'en sortira sera le grand-duc. C'est une chance pour nous qu'il soit déterminé à ne plus toucher au cadeau. Il craint de ne pas savoir enrouler le tissu aussi élégamment que je l'ai fait… Ces mains qu'il a, non mais as-tu vu les mains sans grâce de cet homme ? Dire qu'un être aussi grossier se mêle de vouloir rivaliser avec Aristote et Ptolémée !

Fiorino regarda machinalement les mains de Barbetta. Elles n'étaient pas spécialement fines.

– Pourquoi le haïssez-vous tant ? demanda tout à coup Fiorino, qui peinait à reconnaître le savant dans le méchant portrait moral et physique qu'en dressait le drapier.

Piascero fut surpris par la question.

– Je ne le hais pas, finit-il par dire. On ne doit haïr personne, c'est ce que nous enseignent les Évangiles. Ce sont les idées de Galilée que je combats. Prétendre que la Terre tourne autour du Soleil est une aberration. Il suffit de regarder l'astre du jour à son lever et à son coucher pour comprendre l'ineptie d'une telle conviction, qui de plus est contraire aux Saintes Écritures !

Le passage de la conversation qu'avait partagée Galilée avec son ami Salviati, et dont il avait été témoin à travers la porte de la chambre, revint à la mémoire de Fiorino.

– « Je crois en Dieu, en l'Église et en les Saintes Écritures », dit-il.

Piascero le regarda avec étonnement.

– Oui, se réjouit-il, et moi aussi, mais pourquoi me déclares-tu cela ?

– Ce n'est pas moi, expliqua Fiorino, c'est Galilée qui l'a dit à Salviati.

– Vraiment ? ricana Piascero. Tu en es sûre ?

– Sûre et certaine.

Le drapier considéra l'enfant avec un intérêt nouveau. Galilée était-il différent de celui qu'il imaginait ? Déjà, lors de sa visite, l'apparence de la maison, digne d'un bon catholique, l'avait étonné. Deux tableaux, une Nativité et une Vierge à l'enfant, trônaient dans l'escalier... mais n'était-ce pas là un faux-semblant ? Plus troublant était ce que venait de rapporter Fiorina. Galilée n'avait aucune raison de mentir à son ami Salviati, qui partageait ses convictions au point d'avoir renoncé à une brillante carrière de banquier pour étudier les sciences.

Le garçon perçut le trouble de Piascero même s'il ne pouvait en mesurer toute la complexité. Il crut que Barbetta allait renoncer à son plan. Il n'en fut rien.

– À Padoue, cet homme vivait dans le péché ! reprit le drapier avec colère. Il a conçu là-bas avec une concubine trois enfants illégitimes, dont une fille de ton âge que tu as peut-être aperçue comme moi. Que fera-t-il de cette créature, dis-moi ? Il ne trouvera jamais à la marier et la mettra au couvent, se donnant ainsi l'apparence de la piété !... Mais assez ! Revenons à ce qui nous occupe.

Il sortit un ducat de sa bourse.

– Voici pour toi, en paiement de la journée d'aujourd'hui.

Fiorino prit la pièce sans enthousiasme et n'évoqua même pas le florin. Piascero s'en inquiéta.

– Comprends-moi bien, Fiorina, nous devons aller au bout de la mission.

– Vous avez peur du Vénitien, constata Fiorino.

Piascero ne se frappait plus des insolences de Fiorina.

– Ce n'est pas faux, reconnut-il. Mais d'où tires-tu cette information ? s'alarma-t-il soudain.

– Je vous ai entendus hier soir, vous et votre femme, et vous venez encore de prononcer ce nom. Le Vénitien se sert de vous comme vous vous servez de moi. Il vous donne de l'argent ?

– Ah ça, non ! répondit fièrement Barbetta. Je n'en veux pas, de son argent. Tu m'inquiètes, Fiorina. Tu ne vas pas abandonner maintenant, si près du but ?

Ils se regardaient tous les deux, l'homme et le garçon que Piascero prenait pour une fille. Fiorino n'eut pas le courage de s'opposer à Barbetta. Parant au plus pressé, il choisit de dire qu'il continuait, tout en se promettant d'y réfléchir.

– Je vais agir comme vous me l'avez demandé, assura-t-il. Où nous retrouverons-nous demain pour le florin ?

– Eh bien, chez Galilée. Tu y seras, n'est-ce pas, au moment de la fête ? Ne pas y être pourrait sembler suspect. J'y suis moi-même invité, ayant fourni le tissu d'apparat.

– On vous soupçonnera !

– Impossible ! se récria Piascero. Galilée m'a regardé envelopper la lunette et l'a lui-même rangée dans la boîte. À toi d'agir avec la plus grande discrétion. Tu as su monter une première fois au pigeonnier sans te faire attraper, courant pour rien un risque inconsidéré. Recommence ce soir ou cette nuit, ou demain matin au plus tard, mais fais en sorte que tout soit en ordre.

La pensée de Virginia traversa une nouvelle fois l'esprit de Fiorino.

– C'est donc moi qu'on soupçonnera, lança-t-il.

L'inquiétude nouvelle de l'enfant était palpable et contrariait vivement Piascero. Le spectre d'un échec revint le hanter. Il adopta un ton léger :

– Allons, tout se passera bien ! Emmène un chiffon, tu ne crois pas ? Ce chiffon que tu m'as brandi tout à l'heure dans la conversation… Comme cela, tu auras l'air de travailler si l'on te surprenait aux abords du pigeonnier... Et ne te tracasse pas au sujet des soupçons qui se porteraient sur toi : quand le grand-duc ouvrira son cadeau, la confusion sera telle que tu pourras facilement t'enfuir.

Le drapier voulut se montrer plus persuasif encore :

– Je t'aurai déjà donné le florin, si tu veux ! Arrange-toi pour te trouver près de moi ; mais n'oublie pas que nous ne sommes pas censés nous connaître. Je te donnerai la pièce d'or en toute discrétion, quand les regards des invités seront tournés vers le grand-duc. Cela te va-t-il ainsi ?

Fiorino acquiesça sans grande conviction. Piascero rouvrit alors sa bourse.

– Tiens, dit-il, prends déjà ton troisième ducat, à titre d'encouragement.

L'enfant s'en empara. Barbetta sembla songer à une chose, subitement.

– Pour l'amour du ciel, après toute cette histoire, tu attendras quelques jours avant de venir nous voir.

– Vous voir ? Vous voulez dire : que j'aille chez vous ?

– Évidemment. As-tu oublié ce que nous nous sommes dit, ce matin ?

Fiorino avait très envie de revoir Gelinda, mais il fit signe que non. L'affection que lui portait Barbetta l'encombrait, à présent. Elle reposait sur un mensonge. Il n'était pas cette « Fiorina » dont Piascero souhaitait qu'elle devienne l'amie de sa fille. Il détourna la tête, ne pouvant soutenir le regard du drapier. Pour cacher sa gêne, il demanda comment allait Gelinda (elle, au moins, savait qu'il était un garçon).

– Elle va bien, répondit Barbetta. Elle dit que vous êtes ainsi toutes les deux.

Il fit le geste des deux index tenus en crochets. Fiorino en fut touché.

Un groupe de passants surgissant au coin de la rue hâta la fin de l'entrevue.

– Sois prudente, souffla Piascero.

– Je le serai.

Fiorino s'éloigna le premier, prenant la direction de la maison de Galilée. Au bout d'une centaine de mètres, après s'être assuré que Barbetta ne le suivait pas, il prit un tout autre chemin. Il marcha encore quelques pas avant de s'asseoir sur une borne pour s'y reposer. Les épaules affaissées, les coudes sur les genoux, la tête dans les mains. Il lui semblait que cette dernière allait exploser.

Il songea à la Demoiselle. Si elle ne l'avait pas encore reconnu comme l'apprenti de l'imprimerie, il faudrait bien qu'il lui dise un jour qui il était vraiment. Or, ces feuillets, s'il les plaçait là où Piascero le souhaitait, pouvaient signer non seulement la condamnation de Galilée, mais aussi la sienne aux yeux de Virginia !

Il se demanda ce que contenaient ces écrits que lui avait confiés Barbetta. De toute façon, si la déflagration causée par leur apparition était telle que le drapier l'avait annoncée, Virginia serait éclaboussée par le scandale et il ne pourrait jamais plus l'approcher.

Fiorino tournait en rond à propos de Galilée également : sans le florin, impossible de mieux se vêtir et de proposer au savant de le prendre comme élève ; et avec le florin, le savant, à en croire Barbetta, disparaîtrait de la circulation !

Il entrevit une troisième possibilité, ménageant à la fois le florin et Galilée : recueillir la récompense promise, sans avoir accompli la mission… Piascero n'avait-il pas dit qu'il lui donnerait la pièce d'or juste avant que le grand-duc ne déballe son cadeau ? Eh bien, le grand-duc déroulerait le beau tissu et découvrirait une jolie lunette, sans le moindre feuillet compromettant…

Mais il y avait peu de chances que Piascero soit

assez bête pour lui donner le florin avant que la lunette ne soit déballée. Le drapier attendrait probablement le tout dernier moment.

Découragé, Fiorino se releva et laissa ses pas le porter. Marcher, c'était aller de l'avant, quoi qu'il arrive. Fiorino aimait marcher, il avait remarqué que quand un problème se posait à lui, la solution lui apparaissait en marchant. Il accéléra le pas. Pour autant, son esprit n'en devint pas plus clair.

Il erra ainsi sans but un long moment, jusqu'à se retrouver, presque malgré lui, aux abords de l'imprimerie. Il eut la tentation d'aller voir son parrain, le bon Bartolomeo, qui devait se faire un sang… d'encre. Fiorino sourit de ce jeu de mots involontaire. Il ne se sentait pas capable de tout révéler du piège dans lequel il s'était fourré, et encore moins d'inventer un mensonge pour justifier son absence de deux jours et d'une nuit. La force lui manquait.

Rien n'allait plus. En toutes hâte et discrétion, il franchit le tas de planches qui occultait l'entrée de sa cachette. Une fois dans la pénombre fraîche de cette portion de cave où personne d'autre que lui ne venait jamais, il s'apaisa.

Assez vite, le réconfort ressenti dans cet environnement familier perdit de son intensité. Bientôt, le peu d'eau et le quignon de pain sec qu'il gardait en réserve lui parurent dérisoires, ainsi que le coffret où il gardait ses pièces volées et ses deux bijoux trouvés. De même pour cette tenue de fille qu'il revêtait encore. C'étaient les oripeaux d'une ancienne vie.

Ses pensées le ramenèrent à Virginia. Le regard qu'elle lui avait lancé puis celui qu'il avait surpris tandis qu'il parlait avec Mme Sarti l'obsédaient. Ce n'étaient pas des regards bienveillants, loin de là ! C'étaient même des regards assez méprisants. Plus tôt, dans le pigeonnier, Virginia Gamba s'était adressée à lui avec hauteur, comme à une personne stupide et désobéissante. C'était normal, après tout : il n'était pour elle que Fiorina, une humble servante au service de son père. Mais cela l'avait blessé.

Qu'en serait-il quand il lui révélerait qui il était vraiment : Fiorino, apprenti imprimeur, tout aussi humble, qu'elle avait entrevu une fois ? Il se demanda si le peu de pièces amassées dans le petit coffre, la bague et le bracelet suffiraient à attirer ses bonnes grâces… Sans même parler du florin, qu'il n'était plus du tout sûr d'obtenir !

Dehors, un bruit de planches qu'on remuait le mit en alerte. Il craignait toujours que Bartolomeo ne finisse par découvrir sa cachette. Le bruit cessa et Fiorino soupira. La pensée de son bon parrain lui était plus désespérante encore que celle de la fille de Galilée. Bartolomeo devait être fou d'inquiétude de ne pas le voir reparaître.

Il se demanda ce qu'il ferait le lendemain et eut la tentation de laisser tomber. Mais renoncer à la mission, c'était nuire à Barbetta, et peut-être se nuire à lui-même. Le drapier, s'il pouvait être affectueux, s'était montré terriblement menaçant tout à l'heure.

La douce pensée de Gelinda chassa celle de Barbetta, puis Fiorino se rappela ce qu'il lui avait dit la veille au soir, avant de s'endormir : «Je ne veux pas de mal à ta famille.» Peu après, il lui avait même assuré : «Je ferai ce que Barbetta m'ordonnera.»

Eh bien, pour Gelinda, il irait au bout de ce qu'il avait commencé, et peu importait ce qui arriverait ! Il tira les feuillets de sa robe, y jeta un coup d'œil; mais il n'y comprit rien.

En revanche, décida-t-il, pas question de retourner ce soir chez Galilée. Mme Sarti serait furieuse de ne pas le voir rentrer ? Tant pis. Une sérieuse envie de dormir le tenaillait depuis un moment, due autant à la fatigue physique qu'à l'abrutissement causé par ses vaines tentatives de trouver une solution à ses problèmes.

Il faisait jour encore. S'il s'endormait assez tôt, Fiorino se réveillerait avant le lever du soleil. Il s'allongea sur sa paillasse, qu'il isolait du sol par des planches posées sur des briques. Mais il mit du temps à trouver le sommeil, songeant encore à la prédiction de l'astrologue. À cause d'elle, il s'était imaginé tenir sa vie en main. Dans son rôle de fille des rues puis de servante, il avait cru triompher, roulant dans la farine Piascero, Galilée et même Virginia.

Fiorino avait oublié que la vie est capable de reprendre en un rien de temps les cadeaux multiples qu'elle vous fait. La journée d'aujourd'hui en faisait peser la menace. Quelle différence, pensa-t-il, avec la soirée d'hier, où il s'était endormi le cœur plein d'espoir ! Et demain ? se demanda-t-il. Qu'allait-il arriver demain ?

Il s'assoupit et rêva de Virginia. Il lui disait qu'il l'aimait et lui demandait si elle l'aimait aussi. Elle répondait en silence, d'un hochement de tête, soulignant son acquiescement d'une expression plaisante, les sourcils levés sur des yeux rieurs…

Il se réveilla troublé et heureux. La Virginia de son rêve avait, en fait, tous les traits de Gelinda ! Alors il sombra véritablement dans le sommeil.

Le troisième jour

LA FÊTE

CHAPITRE 10
Dans la souricière

Piascero, après une nuit presque blanche, se rendit à l'auberge dans la chambre du Vénitien.

– Tout va bien, commença-t-il, s'efforçant de ne rien montrer de ses angoisses. Les choses avancent.

– Je ne te paie pas pour que les choses avancent, lui répondit le Vénitien d'un ton glacé, mais pour qu'elles soient en place, définitivement en place.

Piascero avala péniblement sa salive.

– Eh bien, elles le sont tout à fait.

Quand il n'avait d'autre choix que de mentir, l'expression « tout à fait » lui venait toujours.

– Permettez-moi de vous préciser, ajouta-t-il, que vous ne me payez pas, puisque je ne veux pas de votre argent.

Deux jours plus tôt, après avoir recruté Fiorina, Piascero avait restitué au Vénitien toutes les pièces que contenait la bourse qu'il lui avait lancée, hormis les trois ducats et le florin.

– Ah, c'est vrai, railla l'autre, j'avais oublié que tes mobiles sont d'une grande pureté ! Ce n'est pas drapier que tu aurais dû t'établir, mais moine ou curé.

Ce propos révéla tout à coup que le Vénitien souhaitait nuire à Galilée pour des raisons autres que religieuses.

– Au point où nous en sommes, dit Piascero avec amertume, vous pourriez me dire la vérité à votre sujet.

Le Vénitien consentit à lui répondre, mais sans donner de détails :

– Je hais Galilée à un point que tu n'imagines pas ! Cet homme m'a profondément humilié et il paiera le prix fort pour cela... Parle-moi plutôt de ton après-midi là-bas.

Piascero se lança dans le compte-rendu de sa visite au savant, prenant grand soin de taire les frasques de Fiorina. Pour le reste, il fut fidèle à ce qui s'était passé.

– Nous sommes montés dans ce que Galilée appelle son pigeonnier, là où il pratique ses observations. La lunette se trouvait déjà rangée dans sa boîte...

Piascero en arrivait maintenant à un point assez délicat.

– Eh bien ? s'impatienta le Vénitien.

– J'ai jugé bon de prendre certaine initiative, avoua le drapier.

Son interlocuteur le regarda, sarcastique.

– Toi ? Une initiative ?

Piascero ne se laissa pas intimider.

– En déployant le tissu, j'ai imaginé le grand-duc déballant la lunette dans un envol de feuillets…

Le Vénitien se leva d'un bond de son fauteuil.

– Ne me dis pas que tu as disposé les…

– Non, voyons ! Je n'avais pas les feuillets sur moi à ce moment-là. Et comment aurais-je pu agir au nez et à la barbe de Galilée ? Mais l'idée m'est venue que ce tissu était le meilleur endroit où demander à Fiorina de les cacher. D'autant que Galilée a trouvé que j'avais enveloppé la lunette avec un tel art, ce sont ses propres mots, qu'il ne la toucherait plus.

Le regard du Vénitien devint rêveur.

– Je reconnais que ton idée est bonne, Piascero. Tu mérites amplement l'argent dont tu ne veux pas.

C'était la première fois qu'il adressait sans rire un compliment au drapier.

– Ainsi, reprit-il, les choses sont, comme tu l'as dit, « tout à fait » en place… Et Fiorina, que t'a-t-elle rapporté de sa journée ?

– Elle s'est bien comportée, à ce qu'il semble.

Elle dit que Mme Sarti ne tarit pas d'éloges sur elle. C'est une fille très intelligente et tout à fait capable…

Piascero s'interrompit, se gardant de préciser de quoi Fiorina était capable. La liste aurait été trop longue ! Un sourire de contentement s'épanouit sur le visage du Vénitien.

– Ne te l'avais-je pas dit ? La perle rare… Vois-tu, Piascero, je t'envie ! Dans quelques heures, tu te trouveras dans la maison de mon ennemi, ce que je ne puis absolument pas faire, moi. Galilée ne me connaît que trop !… Ah, si je pouvais me glisser dans la foule et être témoin du scandale quand la lunette sera déballée par le grand-duc… Il est jeune encore. Il s'enthousiasmera d'abord, croyant à une fantaisie de Galilée, il ramassera lui-même l'un des feuillets, ou le cueillera au vol, il le lira à haute voix peut-être…

Le Vénitien regardait intensément Piascero, avec une expression étrange.

– Oui, le jeune Cosme en donnera lecture, sans comprendre tout de suite. Imagines-tu bien le scandale, Piascero ? Oh oui, comme je t'envie de pouvoir assister à un tel moment. Mais qu'as-tu donc ?

Piascero se sentait mal. Son malaise était proche de celui qu'il avait ressenti la veille dans le pigeonnier.

Il tira un fauteuil et s'assit, s'efforçant de calmer sa respiration devenue saccadée.

– Tu crèves de peur, constata, méprisant, le Vénitien. Que veux-tu qu'il t'arrive ? Au pire, si Galilée découvrait les feuillets avant la fête, crois-moi, il ne s'en vanterait pas et ne penserait qu'à les faire disparaître, à les brûler probablement !

Le cynisme du Vénitien était sans doute ce que Piascero détestait le plus chez cet homme. Pour finir de l'accabler, l'autre lui dévoila son propre programme :

– Pendant que tu t'amuseras à la fête, j'aurai déjà quitté Florence. C'est de chez moi que j'apprendrai le scandale. S'il n'avait pas lieu, eh bien, je ne regretterai rien, ayant tenté le tout pour le tout pendant le temps trop court dont je disposais… Mon cher Piascero, ce fut un plaisir.

Il agita négligemment la main pour le congédier. Le drapier prit tout à coup conscience de l'état de la chambre : l'homme avait déjà rassemblé ses bagages ! Piascero se leva avec des gestes lents.

– Ah, lui dit encore le Vénitien, je ne veux rien te devoir ! Puisque tu refuses mon argent, je te laisse la lunette.

Piascero fit signe que non, surtout pas, il n'en voulait pas !

– Tu peux encore changer d'avis, dit l'autre. Je la laisserai à l'aubergiste à ton intention.

Il y avait comme une menace voilée dans ce dernier propos. Ce n'est qu'au pied de l'escalier que le drapier en prit toute la mesure. Si, pour une raison ou pour une autre, le complot était éventé, et si des soupçons devaient se porter sur ce mystérieux voyageur, le nom de Piascero lui serait irrémédiablement associé. Il comprit qu'il avait intérêt à ce que tout se déroule comme prévu. Pour cela, il ne pouvait plus compter que sur Fiorina. Il se signa et adressa une prière à Dieu.

Un tintement particulier, un bruit très agréable à son oreille, réveilla Fiorino. Il ouvrit les yeux, se redressa sur sa paillasse et... poussa un cri de terreur !

Deux hommes se tenaient devant lui, assez à l'étroit dans cette portion de cave. Passé l'effet de surprise, le garçon les reconnut : Salviati et Bartolomeo ! Leurs visages prenaient des expressions effrayantes à cause de la lanterne que tenait son parrain.

Le gentilhomme ami de Galilée avait produit le bruit qui avait tiré Fiorino du sommeil : celui des trois ducats pris dans le coffret, qu'il s'amusait à faire tinter dans sa main.

– La honte de ma vie, se lamentait Bartolomeo. Ce travestissement... Cet argent, ces bijoux volés...

– Les bijoux, je ne les ai pas volés. Je les ai trouvés, se défendit Fiorino.

Il pensa aux feuillets et se félicita de les avoir gardés contre lui, à l'abri de la poche. Il espérait seulement que ni Salviati ni son parrain ne songeraient à le fouiller.

– Que penserait ta pauvre mère si elle te voyait ? geignait toujours Bartolomeo. Elle te voit, le sais-tu ? De là-haut, elle te voit ! Le ciel nous...

– Commençons par le commencement, le coupa Salviati, visiblement soucieux d'en arriver à l'essentiel et procédant avec méthode. Où as-tu « trouvé » ces bijoux ?

– Place de la Seigneurie, répondit Fiorino. Je le jure ! Les pièces, je les ai volées sur le marché. C'est pour ça que je m'habille en fille, les bourgeois se méfient davantage des garçons.

Bartolomeo leva le bras dans l'intention de frapper son filleul. Sa lanterne tangua dangereusement. Salviati s'interposa.

– Allons, vous réglerez vos comptes plus tard ! Je dois comprendre comment, et surtout pourquoi, cet enfant s'est fait recruter comme servante chez Galilée.

La veille, il allait quitter la maison quand Virginia, se dirigeant avec détermination vers la chambre de son père, l'avait croisé dans l'escalier. Elle lui avait révélé ce qu'il en était de « Fiorina » en qui elle avait reconnu le garçon d'imprimerie. Salviati lui avait vivement recommandé de ne rien dire encore à Galilée, qui avait déjà assez de soucis avec l'organisation de la fête. Il avait pris les choses en main et s'était rendu à l'imprimerie. Le maître imprimeur l'avait orienté vers Bartolomeo et les deux hommes avaient eu une longue conversation. Salviati avait acquis la conviction que ni le patron ni le compositeur, parrain de Fiorino, n'étaient pour quoi que ce soit dans le recrutement de l'enfant chez Galilée. Bartolomeo était tombé des nues en apprenant que son filleul officiait comme servante chez le savant !

– Dieu m'en est témoin ! Je sais seulement que je ne l'ai pas vu depuis deux jours !

– Il faut bien qu'il ait un endroit où dormir et où changer de vêtements, avait suggéré Salviati.

Bartolomeo s'était tout à coup souvenu d'avoir vu Fiorino traîner sans raison derrière l'imprimerie. Après le départ de Salviati, il avait surveillé l'endroit et surpris son filleul arrivant habillé en fille ! Sa première réaction avait été de lui sauter dessus, mais il s'était rappelé l'ordre donné par Salviati : ne rien tenter sans l'avoir d'abord avisé. Bartolomeo avait alors chargé Giacomo, un apprenti un peu plus âgé que Fiorino, de transmettre l'information au gentilhomme. Ce dernier, occupé chez lui à ses observations et à ses calculs, avait fait passer la consigne de garder l'oiseau dans son nid pour n'intervenir qu'à l'aube.

Fiorino ne se livrant pas spontanément à des aveux, Salviati lui posa la seule question qui valait :

– Qui te paie pour espionner Galilée – car c'est de cela qu'il s'agit, n'est-ce pas ?

Fiorino réfléchit à toute vitesse et décida qu'une bonne façon de mentir, il l'avait souvent vérifié, était de dire une partie de la vérité :

– J'ai été recruté sur le marché. Un homme m'a vu voler. Il m'a trouvé habile. Comme il me prend pour une fille, il m'a proposé de me faire employer comme servante. Hier, je devais seulement faire mon travail le mieux possible et me montrer discret.

Quant à l'identité de cet homme, il expliqua que celui-ci la lui avait cachée. Salviati l'écoutait avec intérêt. Fiorino choisit d'en dire un peu plus, pour consolider sa position :

– Je l'ai revu hier soir. Il m'a donné ses instructions pour aujourd'hui. Mais je ne parlerai qu'à Galilée, décréta-t-il pour gagner du temps.

– Tu dois dérober la lunette, n'est-ce pas ? C'est de la lunette qu'il s'agit !

– Je ne sais pas. Peut-être, répondit l'enfant d'un ton buté.

Bartolomeo se retint de se jeter sur son filleul. Salviati n'hésita pas longtemps.

– Très bien, dit-il, je vais donc t'emmener chez Galilée. Pour l'instant, il n'est encore au courant de rien.

– Habille-toi correctement, ordonna Bartolomeo à son filleul.

– Non ! intervint Salviati. Nous avons perdu assez de temps.

Ils sortirent de la cache, le gentilhomme d'abord, puis l'enfant auquel il prit la main pour la tenir d'une poigne de fer, et enfin le parrain.

– Bartolomeo, restez ici, dit Salviati. Votre présence ne nous sera pas très utile.

Dans l'aube naissante, la lune pleine déclinait à l'ouest, comme pour rappeler à Fiorino la nature de ses ennuis. Une crispation lui serrait l'estomac à intervalles réguliers. Elle était surtout due à la faim.

Il n'avait rien avalé, depuis le déjeuner de la veille, que le quignon de pain dur et un fond de vieille eau. Un coq chanta dans une basse-cour.

Mme Sarti leur ouvrit la porte. Elle salua Salviati et le complimenta, avant de se moquer de Fiorino :

– Voilà notre souris prise au piège… Entre, « Fiorina », ma belle !

Virginia, visiblement, l'avait mise au courant.

Galilée n'était pas encore réveillé. En attendant, Salviati proposa d'enfermer Fiorino. Mme Sarti demanda à l'enfant de la suivre dans la réserve. L'odeur des charcuteries chatouilla les narines de Fiorino et le fit saliver. Malgré la situation, il lorgna avec envie sur une portion de fromage. La pièce s'assombrit. Mme Sarti refermait la porte dans son dos. À double tour.

Tout de suite, le garçon tâta les feuillets sous le tissu de sa robe. Si ce qu'avait affirmé Barbetta était vrai, il courait un très grand danger à avoir ces papiers sur lui. Il décida de les dissimuler. La réserve ne manquait pas de recoins propices. Il finit par rouler les feuillets pour les faire entrer dans une bombonne à l'anse cassée, couverte de poussière et oubliée derrière un amoncellement de vieux sacs de farine. La paille enveloppant le flacon empêchait qu'on voie ce que la bombonne contenait, au cas où l'on y aurait jeté un regard.

L'esprit soulagé, Fiorino réfléchit à ce qu'il pourrait dire à Galilée. Bah ! Il inventerait quelque chose ! Ce n'était pas la première fois qu'il était en difficulté… mais la première fois en revanche qu'il séjournait dans un endroit aussi gorgé de nourriture. La souricière avait du bon ! Il ne tarda pas à mordre à belles dents dans la portion de fromage repérée en entrant, tout en louchant déjà sur un joli pâté en croûte.

Une fois restauré, il eut soif et ne dénicha à boire que du vin dont il abusa un peu, ce qui renforça son optimisme. Il passa ainsi près d'une heure sans que quiconque se manifeste. Un peu somnolent, il percevait les bruits domestiques, les instructions données par Mme Sarti et la servante en chef. La maison s'activait pour la visite du grand-duc, qu'on attendait vers une heure de l'après-midi.

Il pensait à Galilée quand la clé tourna deux fois dans la serrure. La porte s'ouvrit sur Mme Sarti, flanquée non pas du savant, mais de Virginia en chemise de nuit. Cette dernière tenait à voir le prisonnier.

– Sale petit voleur, dit-elle. Et encore habillé en fille !

Elle le regardait avec une expression hautaine. Des mèches dépassaient de son bonnet blanc. Fiorino trouva qu'elle n'avait plus l'air du tout d'une demoiselle et que son nez avait encore grossi.

– Combien es-tu payé pour nous espionner ?

– Trois ducats et un florin ! répondit-il.

– Un florin ! tonitrua une voix. C'est ce que je gagnais moi aussi par jour quand j'ai été réélu professeur à Padoue, voilà quelques années. Peux-tu me dire ce qui te vaut, à toi, jeune freluquet, de percevoir une somme pareille ?

C'était Galilée. Salviati l'accompagnait.

CHAPITRE 11

Discussion au sommet

Hirsute, de la barbe et des cheveux, Galilée donnait toute l'apparence d'avoir peu et mal dormi. Informé de la situation par Salviati, il avait revêtu en hâte sa vieille toge noire de professeur et descendu l'escalier, pressé d'aller trouver cette « Fiorina » qui l'avait tant amusé la veille et qui était, en réalité, un petit espion à la solde d'un mystérieux commanditaire !

Galilée avait espéré que l'effet de surprise effraierait l'enfant et qu'il n'aurait plus alors qu'à recueillir sa confession. Il en fut pour ses frais.

– Bien le bonjour, monsieur Galilée ! s'exclama Fiorino. Je suis heureux de vous voir et désolé pour le dérangement ! J'ai des choses d'une très grosse importance à vous dire.

– Voyez comme il improvise ! s'indigna Virginia. Cet effronté a réponse à tout !

– Eh bien, dis-les-nous, ces choses de très grosse

importance, ordonna Galilée. Nous avons hâte de les connaître.

– Je ne peux les dire qu'à vous seul.

À la grande surprise de sa fille et de sa logeuse, Galilée accepta l'exigence de Fiorino.

– Montons au pigeonnier, proposa-t-il, nous y serons plus tranquilles. Filippo, accompagne-nous. Je n'ai aucun secret pour mon ami Salviati, se justifia Galilée auprès de l'enfant ; si tu n'y vois pas d'inconvénient.

– Non, répondit Fiorino, je n'en vois aucun.

Il y avait une grande part de comédie à prendre le garçon tellement au sérieux. Fiorino n'en était pas dupe. La partie, cependant, était agréable à jouer. Il passa fièrement devant Virginia et Mme Sarti, sans un regard pour elles. Dans son dos, la gouvernante maugréa :

– S'il ne tenait qu'à moi, je corrigerais cet animal.

– Et moi, je vous tendrais le bâton, renchérit l'autre.

Quelques instants plus tard, une fois retombé le rideau de velours, Fiorino comprit, à ses sourcils froncés et à ses mâchoires serrées, que Galilée ne jouait plus. Salviati, une expression impénétrable sur le visage, se plaça à l'écart, en observateur. La boîte contenant la lunette enveloppée dans son tissu n'avait pas bougé de la table. Galilée capta le regard de Fiorino.

– Je la déballerais bien pour te la montrer, mais peut-être la lunette a-t-elle disparu… ironisa-t-il.

– Je n'ai jamais eu l'intention de la voler, répondit Fiorino, si c'est ça que vous voulez dire. Vous pouvez vérifier. Votre fille m'a surpris avant même que j'y touche.

– Et que voulais-tu en faire ? La casser pour y récupérer des morceaux de Lune ? Pauvre idiot ! N'abuse plus de ma patience et dis-moi enfin qui te paie pour m'espionner et en échange de quoi tu allais recevoir un florin.

– Je devais semer des petits papiers par-ci par-là, au moment de la fête, affirma Fiorino.

Il ne dit pas que les feuillets étaient censés tomber des mains mêmes du grand-duc au moment du déballage du cadeau. Il voulait encore éviter toute allusion au tissu, pour protéger Piascero.

– Que nous chantes-tu là ? demanda Salviati. De quels petits papiers parles-tu ?

– D'une dizaine de feuillets, pas si petits en fait, des *in-octavo*.

Après avoir été humilié par Galilée à propos de la Lune, Fiorino voulait valoriser sa compétence d'apprenti imprimeur.

– Où sont ces feuillets ?

– Je les ai jetés.

De plus en plus abasourdis, Galilée et Salviati entouraient l'enfant qui leur récita, l'index levé :

– « Plus puissant qu'un coup de dague, une salve de mousquets ou un tir de canon » !

– Ce sont les mots qu'on t'a dits pour te mettre en garde, devina le savant, et que tu as retenus par cœur – et par peur. Puis tu as fait disparaître ces feuillets !... Est-ce bien la vérité ?

– La vérité vraie !

– Où les as-tu jetés ?

– Dans l'Arno.

– Allons donc ! intervint Salviati. On te promet la dague, le mousquet, le canon, et tu n'as pas craint de désobéir à cet homme ?!

– Je vous ai craints davantage, vous et monsieur Galilée !

– Pourquoi ne pas nous avoir dit tout cela hier ? l'interrogea le savant.

– Hier, j'avais encore très peur du Vénitien.

– Le Vénitien ?

– Oui, il se fait appeler comme ça. Depuis, j'ai réfléchi.

– Pourquoi ne t'es-tu pas confié à ton parrain ?

Cette fois, Fiorino n'eut pas besoin de mentir :

– Pour ne pas lui faire de peine.

Galilée et Salviati se regardèrent.

– Tout cela semble se tenir, finit par dire le savant.

Salviati leva les bras au ciel. Il n'accordait pas le même crédit à Fiorino. Galilée questionna de nouveau l'enfant :

– As-tu la moindre idée de ce que contenaient ces feuillets ? Possédez-vous à l'imprimerie le reste du livre, ou d'autres ouvrages du même auteur ?

– Non ! Je l'ai déjà dit à votre ami, ces feuillets n'ont rien à voir avec l'imprimerie ! C'est le Vénitien qui me les a donnés.

Fiorino eut tout à coup une fulgurance :

– C'est sûrement le livre d'un érotique !

Galilée ne put s'empêcher de sourire.

– Un hérétique, le corrigea-t-il.

Les deux hommes restèrent silencieux, songeant à l'effet désastreux que produirait la découverte de ce genre d'écrits le jour de la fête. Le livre pouvait être de Giordano Bruno, qui avait affirmé, entre autres choses, que la Terre tournait autour du Soleil et que le monde était infini, probablement habité par d'autres créatures. L'Église l'avait condamné à être brûlé vif, onze ans plus tôt, à Rome.

– Ce Vénitien, à quoi ressemble-t-il ? demanda Salviati.

Fiorino en dressa un portrait imaginaire, avec une caractéristique forte :

– Il a les yeux de deux couleurs !

– L'abbé Lorini n'est-il pas ainsi ? fit remarquer Galilée.

– Non, répondit Salviati, je ne crois pas.

– J'ai hâte de confondre cet homme ! s'emporta le savant. Fasse le ciel qu'il soit là au moment de la fête. Je parlerai au grand-duc ! Je lui dirai comment on imagine me compromettre aux yeux de l'Église et me donner en pâture à l'Inquisition !

– Non, ne faites pas cela ! le supplia Salviati. Vous seriez alors obligé de mentionner publiquement ces feuillets hérétiques. Or, il ne faut en aucun cas qu'un nom comme celui de Bruno soit associé au vôtre, de près ou de loin ! Florence regorge de vos ennemis. Il leur serait facile de colporter, à partir de cet incident, une méchante rumeur qui vous conduirait au bûcher !

– Je suis forcé d'admettre que tu as raison, dit Galilée.

Il ajouta avec un mauvais rire :

– Ne dit-on pas, en effet, qu'il n'y jamais de fumée sans feu ?

La peur au ventre et l'amertume au cœur, Piascero errait dans la ville, se demandant comment il avait pu se montrer aussi naïf. Le Vénitien, loin d'être un espion à la solde d'un cardinal, s'était servi de lui pour assouvir une vengeance personnelle !

S'appesantir sur ce passé ne servait à rien, d'autant que l'avenir n'avait jamais été aussi incertain. Le drapier songea à la honte qui s'abattrait sur lui et sur sa famille si le complot venait à être éventé et son nom cité. La responsabilité pleine et entière lui en serait attribuée. Il ne pourrait même pas la partager avec le véritable commanditaire, dont il ignorait l'identité…

Pour ne pas trop désespérer, Piascero s'accrochait malgré tout à ce qu'avait dit le Vénitien : « Que veux-tu qu'il t'arrive ? Au pire, si Galilée découvrait les feuillets avant la fête, crois-moi, il ne s'en vanterait pas et ne penserait qu'à les faire disparaître. »

Piascero n'en était pas si convaincu, et entrevoyait davantage son salut dans la réussite pleine et entière du complot et dans le scandale qui emporterait Galilée. À cette seule condition, il retrouverait une vie sereine et toute l'énergie employée depuis des jours, ces questionnements, ces craintes n'auraient pas été inutiles.

Fiorina avait-elle réussi à placer les feuillets dans le tissu enveloppant la lunette ? Voilà la seule question qui valait… mais dont il n'aurait la réponse qu'à l'instant fatidique, vers une heure de l'après-midi. D'ici là, il retournerait chez lui et prendrait son mal en patience. Il décida toutefois de faire un détour par la maison de Galilée. L'idée folle le hantait de sonner sous un prétexte quelconque et de tâcher d'apercevoir Fiorina, ne serait-ce que pour échanger un signe, un regard qui le rassurerait… Il eut assez de bon sens pour se rendre compte que cela risquait de tout compliquer et de ne lui apporter que des ennuis.

Un démon intérieur le poussa cependant à s'approcher de la grande maison. Il se trouvait à une vingtaine de mètres de la porte d'entrée quand celle-ci s'ouvrit, et Piascero crut que son cœur s'arrêtait…

Contre l'avis de Salviati, Galilée choisit de faire confiance à Fiorino et de le libérer, pourvu que le garçon revienne à la fête lui désigner le Vénitien, si éventuellement celui-ci se montrait. Contrariée par la décision de son père, Virginia en conçut une migraine, réelle ou imaginaire, qui la cloua au lit le reste de la journée.

Galilée, faisant d'une pierre deux coups, remit à Fiorino un jeu d'épreuves à transmettre à son patron et c'est pourquoi Piascero surprit « Fiorina » sortant de la maison avec à la main… les feuillets ! Était-elle devenue folle ?

Le drapier, tremblant, la suivit discrètement, avant de fondre sur elle en quelques bonds pour l'attraper par le bras.

– Non, Bartolomeo ! cria Fiorino.

– Qui est Bartolomeo ?

Fiorino reconnut Barbetta.

– Lâchez-moi, vous me faites mal !

– Montre-moi d'abord ce que tu tiens là…

Piascero constata rapidement que ces feuillets n'étaient pas les siens et consentit à libérer l'enfant. Tous deux s'affrontèrent du regard.

– Vas-tu m'expliquer ?

– Expliquer quoi ? Bartolomeo est mon parrain, je n'ai pas de père, ma mère est morte, c'était la sœur de Bartolomeo, il l'aimait beaucoup, alors c'est lui qui m'élève.

– C'est lui qui te force à voler sur les marchés ?

Fiorino haussa les épaules.

– Je suis assez grande pour le faire toute seule !

– Ça, je n'en doute pas, dit Piascero. Pourquoi es-tu dehors ? Pourquoi as-tu quitté ton travail ? T'es-tu fait prendre ? As-tu tout raconté à Galilée ?

Fiorino haussa les épaules plus ostensiblement encore et une expression que son parrain employait quelquefois lui revint :

– Vous voyez le mal partout !

Il sentit Barbetta atteint par cette remarque et jugea le moment favorable pour lui asséner une de ces explications dont il avait le secret :

– Hier soir, à peine revenue chez Galilée, je suis remontée au pigeonnier et j'ai placé les feuillets comme convenu. Vous pouvez être tranquille. On a travaillé tard pour préparer la fête, et ce matin encore, depuis avant l'aube ! Mme Sarti trouve que je me débrouille très bien. Mais là, c'est Galilée qui m'envoie à l'imprimerie pour rapporter des épreuves.

Le drapier ne parut pas pleinement apaisé.

– Tu dis que les feuillets sont là où ils doivent être. Eh bien, nous verrons cela tout à l'heure, à la fête. Nous y serons, ma femme et moi, et Gelinda nous accompagnera. Une idée de Serafina : « Un enfant, ça met toujours en confiance. » Je me réjouis que ma fille assiste à cet événement considérable : la chute de Galilée.

– Non ! lança Fiorino précipitamment.

– Non quoi ?! s'inquiéta Piascero.

– Il vaudrait mieux que vous ne veniez pas. Il ne faudrait pas qu'on nous voie ensemble…

– Mais… ton florin ?

– J'irai chez vous plus tard. Vous me le donnerez. Ça peut attendre.

Barbetta redevenait soupçonneux.

– Bon, d'accord, se reprit Fiorino, venez si vous y tenez.

Piascero, pas vraiment rassuré, se montra soucieux de calmer l'enfant et de la conserver dans de bonnes dispositions.

– Je ne connais pas ton parrain, mais il ne t'a pas vue depuis deux jours et deux nuits. As-tu réfléchi à ce que tu vas lui raconter ? Si cela peut t'aider, proposa-t-il, dis-lui que je t'ai employée pour un travail urgent et que tu as dormi à la maison. Ce ne seront que demi-mensonges, et le bon Dieu te pardonnera, j'en suis sûr.

– Qu'il vous pardonne surtout de nuire à Galilée, répliqua le garçon avant de s'éloigner, laissant Barbetta plus inquiet que jamais.

Fiorino passa d'abord par sa cache, pour s'y changer. Il n'y retrouva pas ses habits de garçon, ni les pièces ni les bijoux. Tout lui avait été confisqué. Il se rendit à l'atelier, le cœur battant. Le maître imprimeur et Bartolomeo étaient occupés à encrer une forme. Giacomo le vit le premier et donna l'alerte :

– Voilà Fiorinette ! La belle est de retour !

Aux cris de l'apprenti, Bartolomeo abandonna sa tâche et se dirigea, menaçant, vers son filleul.

– Bloque la porte ! ordonna-t-il à Giacomo. Cette fois, je ne veux pas qu'il m'échappe !

Le jeune apprenti et le maître imprimeur s'approchèrent à leur tour, décidés à lui flanquer une correction. Fiorino se retrouva cerné, et aussi sûrement prisonnier que plus tôt, dans la réserve de Mme Sarti. Ayant prévu la chose, il brandit la liasse de papiers qu'il tenait à la main en déclarant avec force :

– Un pas de plus et je laisse tomber ces épreuves dans l'encrier ! Vous vous arrangerez avec Galilée.

La menace de noircir les feuillets, assortie de la mention du savant, provoqua une cessation immédiate des hostilités, à la manière d'une formule magique. Le patron réagit le premier :

– Laisse-moi voir !

Fiorino lui permit de jeter un coup d'œil à un

feuillet, maintenant toujours les autres au-dessus de la pâte noire et épaisse.

– C'est bon ! valida le maître imprimeur. Il s'agit d'un jeu d'épreuves semblables à celles que Virginia Gamba a apportées l'autre jour.

La colère retombée, la curiosité l'emportait. Fiorino s'écarta du seau et confia les documents à son patron.

– Qu'est-ce que tu attends pour nous expliquer ? demanda Bartolomeo.

Son filleul prit un air mystérieux.

– Je ne peux encore rien vous dire. Vous saurez tout, promis, après la fête.

– Quand même ! T'habiller en fille !

– Ce n'est pas plus mal. On recrutait des servantes.

Fiorino affichait un immense sourire, désarmant par avance toute objection. Le patron jubilait :

– Galilée travaille à un livre qu'il nous donnera peut-être à imprimer dans quelques mois. Pour le moment, les petits travaux qu'il nous confie doivent être à titre d'essais. À nous de bien soigner notre manière !

– Il y a tout de même quelque chose que je dois vous dire, ajouta Fiorino. Mme Sarti m'a renvoyé.

Il marqua un silence pour ménager son effet.

– Mais Galilée m'invite à sa fête ! Parrain, rends-moi mes vrais habits et raccourcis-moi les cheveux. Je ne veux jamais plus être Fiorina ! Je l'avais déjà décidé avant-hier soir, chez Pias…

Il se retint à temps de prononcer le nom du drapier. Bartolomeo, tout à sa joie, n'y prêta aucune attention.

Le patron autorisa le compositeur à cesser un moment le travail pour s'occuper de Fiorino. Il annonça aussi qu'il prêtait à l'enfant un habit du dimanche appartenant à l'un de ses fils. Bartolomeo prit son filleul à l'écart.

– Je ne comprends rien encore à ton histoire, mais quelque chose me dit que de là-haut notre Flavia veille sur toi !

– Ma bonne étoile…

Le garçon n'avait jamais fait, jusque-là, ce rapprochement entre les termes de la prédiction et sa défunte mère. Bartolomeo entoura affectueusement les épaules de son filleul et ses yeux s'embuèrent.

Une seule chose empêcha Fiorino de partager l'émotion de son parrain : même s'il n'avait livré à personne le nom de Piascero, il avait d'une certaine façon trahi Barbetta.

– Allons, ne sois pas triste ! lui dit Bartolomeo, se méprenant sur la raison des larmes du garçon.

Fiorino ne pouvait pas lui dire qu'en trahissant Barbetta il risquait de perdre Gelinda, qu'il aimait. Il en était sûr, à présent : c'était elle la vraie Demoiselle, à qui il n'avait pas menti, au contraire de tous les autres.

Non, décida-t-il tout à coup, rien n'était encore joué ! Les feuillets n'étaient pas détruits et il savait où les récupérer pour accomplir la mission !…

Mais ne pas trahir Piascero, c'était trahir Galilée, qui l'honorait de sa confiance.

Il semblait n'y avoir aucune solution… Et pourtant si ! Une solution toute simple, et si évidente que Fiorino s'étonna de ne pas l'avoir trouvée plus tôt.

Il allait les trahir tous les deux !

CHAPITRE 12
Raison et cœur

Les invités commençaient à se rassembler sur la terrasse, avant de rejoindre, plus tard, le jardin où des tables avaient été dressées à l'ombre des arbres. Piascero et son épouse s'avancèrent. Le drapier tenait la main de leur fille. Quand elle avait su qu'elle les accompagnerait, Gelinda avait demandé, gestes à l'appui, si Fiorina serait présente.

– Oui, lui avait répondu son père. Enfin, c'est ce qu'elle m'a dit. Elle est assez imprévisible, sais-tu ?

Gelinda, qui se souvenait d'avoir vu Fiorino pisser haut contre un arbre, éclata de rire.

Galilée, en chausses et pourpoint blanc, accueillait chacun avec de grands éclats de voix enjoués. Il avança vers le couple Piascero.

– Souris, homme, souris ! murmura Serafina à son mari.

Le savant les salua et nota le regard émerveillé que Gelinda portait à tout ce qui l'entourait.

– Elle ne parle pas, dit Piascero comme pour excuser sa fille.

– Mais elle observe, s'exclama Galilée, ce qui est beaucoup plus important ! N'est-ce pas ce que je fais moi-même ? À ce propos, voyez !

Il montra au drapier un guéridon où était présenté le cadeau pour le grand-duc : sur un joli coussin blanc, la boîte contenant la lunette, entourée d'un ruban de soie.

Tout en conversant avec le plus parfait naturel, Galilée surveillait l'entrée. Le grand-duc était en retard. Ce qui inquiétait davantage le savant était de ne pas voir Fiorino. Bien que d'accord avec Salviati pour éviter tout esclandre, il comptait sur le garçon pour lui désigner le mystérieux instigateur du complot heureusement éventé.

Galilée laissa la famille Piascero rejoindre une connaissance et intercepta Mme Sarti, qui s'activait parmi ses servantes.

– N'avez-vous pas vu Fiorino ?

– Moins je le vois, mieux je me porte, répondit la gouvernante. Mais je peux vous dire qu'il était un des premiers arrivés.

– Comment ? s'étonna le savant. Je ne l'ai pas encore vu !

– Vous ne l’aurez pas reconnu : bien vêtu, le cheveux court, en petit homme. Il m’a pourtant dit que vous lui aviez demandé de lui monter une carafe de vin, il y a bien une heure de cela.

– Je ne lui ai rien demandé du tout ! Il n’a quand même pas…

– …volé la lunette ? s’alarma Salviati, qui avait assisté à l’échange entre Mme Sarti et Galilée.

– Non, tenta de se rassurer le savant, j’ai moi-même descendu la boîte pour l’entourer du ruban. J’atteste qu’elle n’est pas vide.

Comme Galilée cherchait toujours Fiorino, son regard rencontra Piascero, qui semblait terriblement anxieux lui aussi. Le savant repéra tout à coup Fiorino non loin de lui. L’image du drapier, la veille, répugnant à toucher la lunette, s’imposa à lui.

– Salviati ! s’écria Galilée entraînant son ami à l’écart. Ne me demande pas pourquoi, mais j’ai dans l’idée que Piascero et Fiorino nous préparent un mauvais coup !

– Les feuillets ! s’écria le gentilhomme. Si Fiorino ne les a pas jetés dans l’Arno, alors… il vient probablement de… de les…

– De les déposer dans la boîte ! Ah, je ne me pardonnerai jamais d’avoir fait confiance à ce gamin !

Ils allaient se précipiter vers le guéridon, quand la foule se fendit, laissant arriver Cosme.

– Trop tard ! gémit Galilée, se composant vite une tête de circonstance pour marcher à la rencontre du grand-duc, qu'il rejoignit tout près du guéridon.

Après les civilités d'usage, Cosme avisa la boîte posée sur le coussin blanc et prit un air gourmand qui amusa la galerie. Devançant Galilée qui allait lui proposer de n'ouvrir son cadeau que plus tard, le grand-duc se saisit malicieusement de la boîte et commença à en défaire le ruban.

Piascero, dont la main moite avait lâché celle de Gelinda, gardait l'œil rivé sur le grand-duc déballant son présent. Il ne s'était pas encore rendu compte que Fiorino était à son côté. L'enfant lui donna un léger coup de coude. Piascero tourna la tête, baissa les yeux, mais ne reconnut pas tout de suite ce garçon qui attirait son attention. Cette lueur dans le regard, cependant… La barbe du drapier se mit à danser à son menton.

– Fiorina ! chuchota-t-il. Qu'as-tu encore inventé ?

Ce n'était ni tout à fait un reproche, ni tout à fait un compliment. En cet instant si particulier, Piascero admirait Fiorina de s'être déguisée en garçon pour mieux se fondre dans la foule !

Il crut qu'elle réclamait le florin.

– Pas encore ! lui dit-il.

Le grand-duc tenait la lunette enveloppée du tissu et reposait la boîte sur le guéridon. Il s'adressa à Galilée :

– Je crois que je devine !

Le silence se fit pour mieux écouter le compliment que Galilée allait lui adresser en retour et chacun se demanda pourquoi le savant demeurait désespérément muet.

– Cher Galilée, mon bon maître, reprit le grand-duc, sachez que je partage votre émotion. Vous ne pouviez pas me faire plus beau cadeau que cette lunette avec laquelle un homme, vous-même en l'occurrence, a pour la première fois approché, rapproché devrais-je dire, les célestes richesses !

Dans un geste gracieux, le grand-duc déroula le tissu qui entourait l'instrument.

Deux choses se produisirent alors presque simultanément, comme si l'une donnait le signal à l'autre : des feuillets s'éparpillèrent provoquant un « oh » d'émerveillement de la part des convives ; puis, dans l'instant où chacun reprenait son souffle, le tintement d'une pièce retentit sur le sol de la terrasse.

Longtemps après, chaque fois qu'ils repenseraient à ce jour mémorable, Piascero, Galilée, Salviati et même Mme Sarti et Serafina se demanderaient pourquoi Fiorino n'avait pas retenu dans sa main le florin que lui donnait le drapier en toute discrétion : par maladresse ou par renoncement ?

La seule véritable raison, ancrée dans le cœur du garçon et partagée par Gelinda, était beaucoup plus simple : étourdi par le soleil, ébloui par la prestance de Cosme, l'élégance des invités, la splendeur de cette fête, et dans la tension de ce qu'il avait provoqué, Fiorino en avait oublié le florin !

Les feuillets tournoyaient et le grand-duc en saisit un au vol. Galilée voulut le prévenir, mais aucun son ne sortit de sa gorge. Cosme, la lunette et le tissu dans une main, le papier dans l'autre, parcourut le feuillet tranquillement du regard et… son expression se figea.

Les invités, de nouveau, suspendirent leur souffle. Galilée grimaça comme si les flammes du bûcher lui léchaient les pieds. Salviati porta, bêtement, la main à son épée. Piascero serra les mâchoires à s'en briser les dents.

Un grand sourire jaillit alors aux lèvres de Cosme.

– Laissez-moi vous lire ce qui est imprimé, dit-il. Ce sera très court :

La Belle à qui je pense
est toute de silence,
pourtant on l'entend bien.
Son père la surveille,
mais moi de son sommeil
j'ai été le gardien.
Plus blanche que la Lune,
elle fait ma fortune
et je lui tends la main.
Hé, monsieur l'astronome
qui aux étoiles donnes
un nom, c'est Gelinda
que ma belle se prénomme,
et Fiorino, c'est moi !

– Fiorino ! réalisa Piascero avec effroi.

Serafina demeura sereine et serra très fort le bras de son mari pour qu'il se taise et continue à feindre le bonheur d'être là. Les invités recommencèrent à s'agiter, ramassant les feuillets tombés et riant de la maladresse de cette poésie naïve, distribuée ainsi à quelques exemplaires.

On vit alors Fiorino s'avancer d'un pas décidé au centre du cercle qui s'était formé autour du grand-duc et s'incliner cérémonieusement devant lui. Puis il se tourna vers Gelinda et lui fit signe d'approcher.

Comme les rires augmentaient d'intensité, la fille de Piascero fronça les sourcils et afficha une grimace guerrière qui semblait signifier : « Ne riez pas ! » Un convive crut bon de lancer une plaisanterie, mais le grand-duc, prenant fait et cause pour les enfants, lui fit signe de se taire.

Fiorino, de l'index gauche, frappa légèrement la poitrine de Gelinda, puis du droit la sienne. Assemblant ensuite ses deux index en crochets, il établit entre eux le lien symbolique. L'assistance, médusée, guettait la réaction de la fille muette. Gelinda, d'une moue négative et d'un geste de la main, balaya le message silencieux du garçon. Comme rien ne comptait plus que Gelinda en cet instant extraordinaire, Fiorino crut mourir de honte.

Elle lui frappa à son tour légèrement la poitrine et porta ostensiblement à son annulaire gauche la pince de son pouce et de son index droits, précisant pour elle le changement de lien : plus que l'amitié, l'amour !

Le temps fut suspendu, comme après les pantomimes qu'on pouvait apprécier les jours de fête place de la Seigneurie. Le grand-duc, posant lunette et tissu sur le guéridon, déclencha les applaudissements. Gelinda et Fiorino saluèrent à la manière de comédiens et rejoignirent Piascero et Serafina sous les acclamations.

– Je ne comprends pas !

Galilée se précipitait vers Cosme pour se confondre en excuses.

– Eh bien, commenta le grand-duc, il semble que ces deux petits astres nous aient éclipsé la lunette !

Si l'on avait demandé à Piascero quel sentiment il éprouvait à cet instant précis, il n'aurait pas su le dire. Peut-être n'en éprouvait-il aucun… ou tous à la fois ! Il guetta le moment propice où Galilée aurait fini de converser avec le grand-duc et s'approcha de lui.

– Monsieur l'astronome, lui lâcha-t-il avec hargne, je tiens à vous dire que Fiorina, ou plutôt Fiorino, vient sans le savoir de vous sauver la vie !

Galilée soutint le regard du drapier.

– Vous vous trompez sur un point, lui répondit-il. Fiorino le sait parfaitement ! Mais vous, aurez-vous assez de raison et de cœur pour comprendre qu'il vient, du même coup, de sauver la vôtre ?

ÉPILOGUE

Le lendemain de la fête, Fiorino se souvint de la bombonne et en parla à Galilée. Virginia, qui allait mieux, fut avec Mme Sarti le témoin stupéfait d'une étrange scène : Salviati transportait de la réserve au pigeonnier, avec autant de précautions qu'une sainte relique, une antique bombonne. Galilée et Fiorino l'escortaient.

Les feuillets s'étaient déroulés à l'intérieur et repassaient difficilement par le goulot. Au premier sorti, Galilée lut ce qui était imprimé et pâlit. Il s'agissait bien d'une édition d'un ouvrage de Giordano Bruno, *De l'infini, de l'univers et des mondes*, comme il l'avait soupçonné.

Le savant prit une coupe vide qui traînait là et y jeta les feuillets froissés. Le soleil donnait sur le balcon. Il ouvrit grand le volet derrière lequel Fiorino s'était caché l'avant-veille – comme cela paraissait loin !

Il s'empara d'une loupe et concentra les rayons du soleil jusqu'à ce qu'ils enflamment le papier.

– Il est toujours triste de brûler la pensée d'un homme, dit-il, quelles qu'aient pu être ses erreurs.

– Ainsi Bruno a-t-il péri lui-même, ajouta gravement son ami.

On aurait dit une oraison funèbre. Tous deux méditaient devant les feuillets en flammes. Fiorino, lui, rattrapait les morceaux envolés et les replaçait dans la gamelle pour qu'ils finissent de se consumer.

Quelque temps plus tard, Salviati revint trouver Galilée.

– Baldassare Capra a séjourné à Florence, sous un nom d'emprunt. Il aurait quitté la ville le jour même de la fête. Bien qu'il ait les deux yeux de la même couleur, il semble que le Vénitien dont parlait Fiorino soit plutôt padouan…

Capra était un professeur de Padoue qui, quatre ans plus tôt, avait copié une invention de Galilée. Celui-ci l'avait fait condamner pour plagiat. Cela suffisait-il à expliquer un tel désir de vengeance ? Comme l'avait dit Salviati, Galilée ne manquait pas d'ennemis. Capra ou un autre… Le savant aurait surtout voulu comprendre comment un être tel que Piascero avait pu ainsi s'acoquiner.

Un matin, il prit prétexte de l'argent qu'il lui devait en échange du tissu et se rendit à son échoppe. Le nez de Piascero s'allongea quand il vit entrer le savant.

– Je suis venu vous dire, déclara Galilée, que, compte tenu des circonstances, je ne vous paierai jamais votre étoffe !

Piascero rassembla ses forces.

– Cela tombe bien, répliqua-t-il, je vous en fais cadeau !

Ils s'affrontaient, l'œil noir, le souffle court.

– Allons, dit le savant, je désespère de vous convaincre. Sachez pourtant que je travaille à un livre non plus en latin, mais en langue vulgaire, qui expliquera en détail mes…

– Le ferez-vous paraître dans l'imprimerie de Fiorino ? le coupa Piascero avec une ironie digne du Vénitien.

– Fiorino ! s'exclama Galilée, non moins ironique. Que devient-il ?

– Je n'en sais rien et n'en veux rien savoir.

– C'est pourtant vous qui en avez parlé.

Piascero n'avoua pas qu'il avait revu l'enfant.

Celui-ci était venu le trouver et la rencontre s'était mal passée. Le drapier lui avait parlé de l'humiliation infligée le jour de la fête et Fiorino n'avait pas bien compris ce que Barbetta lui reprochait exactement : d'avoir trahi la mission ou d'avoir publiquement exposé Gelinda – ou les deux ! Piascero lui avait interdit de revoir sa fille, mais le garçon continua à la fréquenter en secret, avec la bénédiction de Serafina !

Fiorino apprit à lire et à écrire, avec cette belle passion qu'il mettait en toutes choses, pour devenir un jour compositeur. Son maître imprimeur, son parrain et lui furent déçus quand Galilée décida de publier ailleurs son ouvrage, mais ils ne manquaient pas de travail et l'atelier prospérait.

Les années passèrent et Piascero, convaincu par son épouse, consentit enfin au mariage de sa fille et de Fiorino. Gelinda apportait en dot de quoi permettre à son mari de s'installer à son compte. Le bonheur de ces noces fut endeuillé quelques semaines plus tard par la mort de Bartolomeo, emporté par une maladie. Il quitta la vie dans l'espérance de continuer à veiller, «de là-haut», à l'heureuse destinée de son filleul, et Fiorino lui fut toujours reconnaissant de l'avoir élevé comme il l'avait fait, ancrant en lui une foi inébranlable dans la vie.

Peu avant de lâcher son dernier souffle, Bartolomeo avait tenu à entendre une nouvelle fois, raconté par Fiorino, le moment où les feuillets avaient volé sous le nez du grand-duc. C'était lui, ce matin-là, qui avait composé le poème que lui avait dicté son filleul, et qui en avait imprimé la dizaine d'exemplaires…

Un soir de juin 1633, soit vingt-deux ans après leur première rencontre, Fiorino, devenu maître imprimeur, rendit visite à son beau-père, qui approchait alors les soixante-dix ans.

Il trouva Barbetta – ainsi l'appelait-il toujours affectueusement – assis sur sa terrasse à contempler le ciel. La nuit s'était installée, douce et parfumée, dans la proximité des étoiles.

– Alors ? demanda Piascero.

– Il a abjuré ! répondit Fiorino.

Le vieillard poussa un soupir de soulagement. La nouvelle du procès en hérésie de Galilée et de sa condamnation, à Rome, l'avait rendu soucieux. Il se réjouit de cette issue. Ainsi, le vieux savant, au contraire de Bruno, renonçait publiquement à ses idées et échappait au bûcher. Tant mieux !

– Il a abjuré, compléta Fiorino, mais je suis bien certain de ce qu'il pense au fond de lui. Que la Terre tourne autour du Soleil, et il a raison, quoi que vous puissiez en dire.

Piascero tira alors de sous la fine couverture qui lui couvrait les jambes une lunette astronomique. Fiorino s'en étonna. Piascero sourit.

– Un souvenir, dit-il simplement.

À propos de l'histoire : ce qui est vrai et ce qui ne l'est pas
(Note de l'auteur)

L'action de ce roman est totalement fictive ! Cependant, plusieurs personnages historiques la traversent.

Galilée a quarante-sept ans en juin 1611. Son livre *Le Messager des Étoiles*[1], dédié aux Médicis, les seigneurs de Florence, lui vaut d'être renommé dans toute l'Europe. Galilée y expose ses découvertes. Il a, entre autres choses, observé que la Lune était couverte de montagnes et que Jupiter possédait quatre lunes.

Deux mois plus tôt, le savant s'est rendu à Rome, où un accueil triomphal lui a été réservé. Clavius, le vieil astronome du Vatican, a validé ses observations, le pape l'a reçu en audience privée, et son éloge a été prononcé au Collège romain.

1. Paru en latin sous le titre *Sidereus Nuncius*. En français, on le traduit par *Le Messager des Étoiles* ou *Le Messager céleste*.

Cependant, alors même que l'Église honore Galilée et ses découvertes, le cardinal Bellarmin a confié à l'Inquisition, dans le plus grand secret, la mission d'enquêter sur lui.

Pour comprendre cette contradiction apparente, il faut se reporter au contexte de l'époque : Copernic, un astronome polonais, a déjà établi, à partir de calculs, que le Soleil était au centre d'un système et que les planètes, dont la Terre, tournaient autour de lui. Cette théorie était si révolutionnaire que Copernic n'a pas voulu la publier de son vivant. Elle ne l'a été qu'en 1543, quelques jours avant sa mort. Les observations de Galilée viennent à l'appui de ce que l'on appelle l'« astronomie nouvelle[1] ». Elles confortent la théorie de Copernic. Or, l'Église s'appuie sur un dogme hérité de l'Antiquité, et conforme à la Bible, selon lequel la Terre est au centre du monde. Affirmer le contraire est jugé hérétique, c'est-à-dire contraire à la religion, et doit être sanctionné.

Le cardinal Bellarmin, qui commence à enquêter sur Galilée, est celui qui a dirigé le procès pour

1. *Astronomia nova* est le titre d'un livre de Johannes Kepler paru en 1609.

hérésie de Giordano Bruno. Ce philosophe italien avait fait part dans ses livres de son adhésion au système héliocentrique de Copernic, allant jusqu'à évoquer un univers infini, composé de mondes innombrables. Il fut condamné à mort en 1600 et brûlé vif.

Galilée s'est bien gardé de se proclamer copernicien et n'a jamais fait mention de Giordano Bruno dans ses écrits.

Filippo Salviati était issu d'une riche famille de Florence. Il fit le choix des mathématiques et de l'astronomie plutôt que celui de la gestion des finances de sa famille. Il mourut en 1614, à l'âge de trente-deux ans. Galilée lui rendit hommage en attribuant son nom au personnage incarnant la théorie de Copernic dans le *Dialogue sur les deux principaux systèmes du monde*.

Galilée eut trois enfants, tous trois conçus hors mariage, avec sa concubine, Marina Gamba. En juin 1611, Vincenzo, le plus jeune, se trouvait encore auprès de sa mère à Padoue, mais Virginia et sa sœur étaient bien à Florence, même si seule apparaît la première dans ce roman.

Les deux filles ont toujours porté le nom de leur

mère. Galilée a cependant obtenu des autorités que le garçon porte son nom.

Toute sa vie, Galilée a connu des problèmes d'argent. Jeune professeur gagnant un faible salaire, il a dû prendre à sa charge les dots de ses sœurs pour leur permettre de se marier. Mais la façon dont le savant s'est débarrassé, fin 1613, de ses filles en dit long sur la mentalité de l'époque : il les a mises au couvent, s'évitant ainsi d'avoir à les entretenir et à constituer des dots.

Si Livia, la cadette, prit très mal le placement au couvent et en souffrit beaucoup, Virginia, elle, eut une belle relation avec son père, dont témoigne une longue correspondance. Lors de son entrée au couvent, en 1616, elle prit le nom de Marie Céleste, ce qui montre cet attachement.

Adolescent, Cosme II, le grand-duc de Toscane, fut l'élève de Galilée. De santé fragile, il délégua à sa mère, Christine de Lorraine, les affaires du duché, pour mieux se consacrer aux arts et aux sciences. Il apporta toujours son soutien à Galilée, jusqu'à sa mort en 1621, à l'âge de trente-et-un ans.

L'abbé Lorini, dont il est question aux pages 95

et 136, proféra un sermon très hostile à Galilée le 1er novembre 1612. Pour les besoins du roman, j'ai avancé la date de ce prêche.

Mathématicien, physicien, astronome de génie, Galilée aura contribué à l'histoire des sciences par de nombreuses inventions et découvertes dans les domaines de la dynamique, de l'optique, de la mécanique. Il est considéré comme le fondateur de la physique moderne. Aussi, il ne fut pas seulement combattu par des religieux, mais aussi par des scientifiques jaloux de ses succès et de sa gloire.

Baldassare Capra était un médecin et astronome. Il polémiqua violemment une première fois avec Galilée à l'occasion de l'apparition d'une nouvelle étoile, en 1604. La chose était impossible pour lui, car non conforme au ciel d'Aristote.

Quelque temps plus tard, il s'attribua dans un livre la paternité du « compas géométrique et militaire », une règle de calcul que Galilée avait inventée et mise au point. Galilée prit la mouche et le fit condamner pour plagiat. Le livre de Capra fut retiré de la vente, mais comme beaucoup d'exemplaires circulaient déjà hors des frontières, Galilée écrivit à son tour *Défense contre les calomnies et impostures de Baldassare Capra*, un ouvrage cinglant pour contredire et ridiculiser son rival.

« Madame Sarti », enfin, est un nom que j'ai emprunté à Bertolt Brecht, auteur dramatique allemand du XXe siècle, dans sa pièce *La Vie de Galilée*.

Chronologie

15 février 1564 : naissance de Galilée à Pise. À l'âge de dix ans, il emménage à Florence avec sa famille. Son père veut faire de lui un médecin, mais Galilée se passionne pour les mathématiques.

1589 : il devient professeur de mathématiques à l'université de Pise et fait ses premières expériences sur la chute des corps.

De 1592 à 1610 : il vit à Padoue et enseigne à l'université. Il invente, entre autres instruments, le thermoscope (ancêtre du thermomètre). En 1609, il perfectionne la lunette et a l'idée de la tourner vers le ciel.

12 mars 1610 : publication du *Messager des Étoiles*.

Septembre 1610 : Galilée découvre les phases de Vénus, établissant ainsi que cette planète tourne autour du Soleil.

1616 : la théorie de Copernic est déclarée non conforme aux Écritures par l'Église. Galilée est de plus en plus attaqué pour ses idées.

1632 : Galilée publie *Dialogue sur les deux principaux systèmes du monde*. Ce livre suscite un enthousiasme extraordinaire. L'adhésion de Galilée à la théorie de Copernic y était manifeste. L'ouvrage est aussitôt interdit.

Juin 1633 : Galilée est jugé à Rome par le tribunal de l'Inquisition et sommé de lire une déclaration par laquelle il renonce à toutes les idées qu'il a défendues jusque-là. La légende veut qu'au moment de sa condamnation il ait murmuré, en parlant de la Terre : « Et pourtant elle tourne. » Condamné à la prison à vie, il est libéré un an après et assigné à résidence dans sa maison d'Arcetri, dans les faubourgs de Florence.

8 janvier 1642 : mort de Galilée.

TABLE DES MATIÈRES

Le premier jour 7
1. La lunette 9
2. « Un florin pour Fiorina ! » 17
3. Chez Piascero 25
4. Fin de soirée 35
Le deuxième jour 49
5. La bonne étoile 51
6. Servante 65
7. Le pigeonnier 79
8. Confrontations 91
9. Sombre soirée 103
Le troisième jour 115
10. Dans la souricière 117
11. Discussion au sommet 131
12. Raison et cœur 147
Épilogue 157
À propos de l'histoire : ce qui est vrai et ce qui ne l'est pas 163
Chronologie 169

Guy Jimenes

Né à Oran en 1954, il a vécu en Algérie jusqu'en juillet 1963. Il réside aujourd'hui en région Centre, où il a exercé à mi-temps le métier de bibliothécaire de 1977 à 2001. Son statut est, depuis 2001, celui d'auteur indépendant. Ses livres ont été et sont publiés par divers éditeurs : Nathan, Bayard, Syros, L'école des loisirs, Rageot, Pocket, Oskar éditions…

Il a obtenu en 1992 le prix du Roman pour la jeunesse du ministère de la Jeunesse et des Sports, jury des adultes, sur manuscrit pour *La Protestation,* et le vote des adultes au Prix des Incorruptibles 2009 pour *L'Enfant de Guernica*.

Il a aussi écrit ou coécrit des pièces de théâtre, des adaptations de romans et de contes, des récits documentaires pour la presse et quelques « nouvelles noires ».

Quelques livres du même auteur

AUX ÉDITIONS NATHAN
dans la collection « Histoires noires de la mythologie » :
Perséphone, prisonnière des Enfers
Romulus et Rémus, les fils de Mars
Orphée l'enchanteur

CHEZ OSKAR ÉDITIONS
Harcèlement
L'Enfant de Guernica
La Nuit des otages

Vous avez aimé

COMPLOT À FLORENCE –
DANS L'OBSERVATOIRE DE GALILÉE

Découvrez, dans la même collection…

Alexandre le Grand – Jusqu'au bout du monde
HÉLÈNE MONTARDRE
À partir de 10 ans
Texte adapté au programme scolaire

« J'irai plus loin ; beaucoup plus loin. J'irai là où jamais mon père ne serait allé, et mon nom résonnera jusqu'au bout du monde. »

Le sourire de ma mère – Une année avec Léonard de Vinci
MARIE SELLIER
À partir de 11 ans
Texte adapté au programme scolaire

« – Qui es-tu ?
La voix est ferme. La main qui s'est posée sur son épaule plus ferme encore. Caterina s'attend au pire, elle ne devrait pas se trouver ici… Elle se retourne lentement.
L'homme qui lui fait face a les yeux clairs, le visage strié de fines ridules, une abondante barbe blanche. Le grand Léonard de Vinci ! »

Sur un air de Mozart

FLORE TALAMON

À partir de 12 ans

Texte adapté au programme scolaire

Vienne, 1920. Viki, 12 ans, apprend que son père va se remarier. Loin de la réjouir, la nouvelle la bouleverse. D'autant que sa future belle-mère semble décidée à tout régenter. Elle cherche même à l'empêcher de jouer du piano ! Pour couronner le tout, Viki ne reconnaît plus sa grande sœur. Cette dernière se met à rêver d'amour, de liberté, et à enchaîner les actes de rébellion. Perdue dans ce tourbillon de changements, Viki trouve refuge dans la musique et, surtout, chez son nouveau voisin, le célèbre Mozart…

Le journal d'Adeline – Un été avec Van Gogh

MARIE SELLIER

À partir de 11 ans

Texte adapté au programme scolaire

« J'ai eu un choc en voyant mon portrait. Il m'a barbouillé les yeux de rouge et labouré les mains de traits verts. Je sus laide à faire peur. Si seulement j'avais eu le courage de lui dire que je n'aimais pas son tableau, il ne me l'aurait certainement pas offert. Pauvre monsieur Vincent, il travaille tellement. C'est cruel, mais je crois bien que c'est un peintre raté ! »

Le fils de Picasso
MARIE SELLIER
À partir de 11 ans
Texte adapté au programme scolaire

« On s'est allongé sur le sable. Betty a dit :
– J'ai ma petite idée.
– Ta petite idée sur quoi ?
– Sur ton père.
– Ah oui !
– Je crois que c'est Picasso.
Je me suis redressé d'un coup. Je m'attendais à tout sauf à ça. J'ai bafouillé :
– Picasso ? Le peintre ? »

Cœur de pierre – Camille Claudel et Rodin
Marie Sellier
À partir de 12 ans
Texte adapté au programme scolaire

« Le mystère qui planait sur la relation entre Rodin et Camille Claudel les intriguait. Luce et Hortense avaient le sentiment de pénétrer dans un monde à la fois romantique et dangereux. Rodin avait-il vraiment le pouvoir de rendre fou d'amour ? »

FSC www.fsc.org
MIXTE
Papier issu de sources responsables
FSC® C022030

Dépôt légal : janvier 2014 – N° d'éditeur : 10197300
Achevé d'imprimer en décembre 2013 par Jouve (53100 Mayenne, France)
N° 2135374D